HÉSIODE ÉDITIONS

JACQUES BOULENGER

Galehaut, sire des îles lointaines

Hésiode éditions

© Hésiode éditions.

1 rue Honoré - 93500 Pantin.
ISBN 978-2-493135-92-6
Dépôt légal : Octobre 2022

Impression Books on Demand GmbH

In de Tarpen 42
22848 Norderstedt, Allemagne

Galehaut, sire des îles lointaines

I

Le roi Artus séjournait tour à tour dans ses bonnes villes, menant sage vie entre la reine et la dame de Malehaut, qui étaient toujours ensemble (car amour les tenait liées de court), honorant ses chevaliers, donnant tout ce qu'il pouvait et bien accompagné de barons, de valets, d'écuyers et de sergents qui conduisaient ses sommiers chargés de riches draps, de robes, d'armes, d'écuelles, de hanaps, de cuillers, de pots d'argent et de tout ce qui convient à des prud'hommes. Il faisait beau temps et l'été était bon et doux, car il avait plu longuement ; sur toute la terre le soleil resplendissait, et la rose fleurissait, le loriot chantait avec le merle et la pie, toute chose vivante avait recouvré beauté, force et vertu, si bien que chacun en avait le cœur gai. Au matin, les chevaliers et les dames se paraient de robes parfumées en satin, drap d'outremer ou soie brochée, puis ils allaient s'enjouer au bois : alors on décousait les grandes manches flottantes que les pucelles savaient bien recoudre, pour le retour, avec le fil qu'elles emportaient dans leurs aumônières ; on se baignait aux fontaines les mains, les yeux, le visage ; on chantait des chansons nouvelles :

Hier, je sortis d'Angers :
Ah ! que l'air était léger !
Je trouvai dame au cœur gai,
Au corps bien joli,
Belle et blonde, je le sais,
Qui chantait ainsi :

« Amour, amour, amour,
Me démène, démène,
Tout ainsi démène
Mon cœuret joli.

« Ah ! celui qui m'épousa
Soit de Dieu honni !

Jamais mon cœur n'aimera
Ce vilain failli !

Amour, amour, amour,
Me démène, démène,
Tout ainsi démène
Mon cœuret joli.

« Dieu ! pourquoi demeure tant
Mon beau doux ami
Que j'aime si joliment ?
Mon cœur y ai mis.

Amour, amour, amour,
Me démène, démène,
Tout ainsi démène
Mon cœuret joli. »

La dame cria plus haut :
« Certes aucun bien ne vaut
Celui d'aimer de cœur beau
Dame son ami.
Aussi ferai-je le saut
Et j'irai à lui.

Amour, amour, amour,
Me démène, démène,
Tout ainsi démène
Mon cœuret joli. »

   Ah ! que de plaisirs ! Au soir, en rentrant au logis, les dames et les chevaliers chantaient encore des sonnets.

Étoilette, je te vois,
Que la lune attire à soi ;
Nicolette est avec toi :
Notre Sire veut l'avoir
Pour la lumière du soir…

Que ne suis-je auprès de toi !
Ah ! si j'étais fils de roi,
Nicolette, Nicolette,
Je te baiserais étroit !

La reine Guenièvre, cependant, toujours songeait à monseigneur Lancelot.

II

Un jour, à Carduel, que le roi était assis à son haut manger entre ses barons, il tomba tout à coup dans une rêverie profonde, la main appuyée sur un couteau dont la lame pliait sans qu'il s'en aperçût, et bientôt des larmes lui coulèrent le long du visage, de sorte qu'il n'y avait personne dans la salle qui ne fût ébahi de le voir ainsi. Au bout d'un moment, messire Gauvain dit à Keu le sénéchal :

– Que faire ? Je crains que, si nous le tirons de son penser, il ne nous en sache mauvais gré. Il me faut pourtant l'en ôter, doive-t-il m'en vouloir à jamais.

Il allait s'avancer lorsque Keu l'arrêta par le bras :

– Sire, attendez, dit-il.

Et avisant un cor qui était pendu à un massacre de cerf, il l'emboucha et en sonna à faire trembler toute la salle et jusqu'aux chambres de la reine. Le roi tressaillit légèrement.

– Qu'est-ce ?

– C'est, lui dit messire Gauvain, que vous êtes perdu en votre penser, quand vous devriez festoyer tout ce monde qui est venu à votre cour pour se réjouir. Les larmes vous couvrent la face : ce serait une triste chose si l'on vous comparait à un enfant, vous que l'on tient pour un des hommes les plus sages qui soient.

– Gauvain, Gauvain, répondit le roi, personne ne pourrait me blâmer de mon penser, car je songe au meilleur des chevaliers, celui qui fit ma paix avec Galehaut. J'ai connu un temps où les compagnons de la Table ronde s'efforçaient de s'adjoindre tous les plus preux du monde. Mais il n'en va plus de la sorte, et c'est à votre honte !

– Sire, sachez que je ne vous ferai plus honte !

Et messire Gauvain, s'approchant de la fenêtre, leva la main vers une église dont on apercevait le clocher et s'écria de manière à être entendu de toute la salle :

– Par Dieu et par tous les saints, je n'entrerai plus dans aucune des maisons de monseigneur le roi avant que d'avoir trouvé le chevalier aux armes noires de l'assemblée de Galore ! Seigneurs, que ceux qui veulent faire la plus haute quête qui puisse être après celle du Graal s'en viennent avec moi !

Là-dessus, il sortit de la salle, et les tables commencèrent de se vider, car presque tous les chevaliers se levèrent et le suivirent. Si bien que le roi, fort courroucé, fit rappeler son neveu qui n'était pas encore parti du palais.

– Voulez-vous emmener toute ma compagnie ? lui dit-il. Me voilà réduit à tenir ma cour tout seul ! Prenez-en vingt seulement : c'est assez pour la quête d'un seul homme.

À quoi messire Gauvain consentit : il choisit monseigneur Yvain le grand, Keu le sénéchal, Sagremor le desréé, Giflet fils de Do, Dodinel le sauvage et ceux qu'il aimait le plus. Et tandis qu'ils couraient s'armer, avant de quitter lui-même l'hôtel du roi, il fut prendre congé de la reine.

– Beau neveu, lui dit-elle en le tirant à part, je vous donnerai le moyen de retrouver celui que vous cherchez, si vous jurez sur votre foi de ne le révéler à personne.

Et quand il en eut fait le serment :

– Sachez qu'il est en compagnie de Galehaut et qu'il se nomme Lancelot du Lac.

Ayant dit, elle détourna les yeux et passa dans une autre chambre.

III

Arrivés à une pierre nommée le perron de Merlin, messire Gauvain et ses vingt compagnons se séparèrent pour avoir plus de chances de trouver celui qu'ils cherchaient. Ils convinrent de porter leur écu à l'envers pour se reconnaître. Et chacun tira de son côté.

Un soir, messire Gauvain parvint à l'orée d'une forêt, où, à la clarté de la lune qui commençait de luire, il découvrit une pucelle assise sous un arbre, laquelle, en le voyant, se leva et lui dit :
– Ha, sire, il y a longtemps que je vous attends !

– Dieu vous donne bonne aventure ! répliqua-t-il.

Il mit pied à terre et attacha son cheval ; puis il ôta son heaume, s'allégea de ses armes et la pria d'amour. Mais elle lui répondit qu'elle était pauvre et peu belle, et qu'elle était envoyée pour le conduire à une dame beaucoup plus avenante qu'elle. Messire Gauvain se mit à rire et, la prenant dans ses bras, il la baisa le plus doucement qu'il put, puis voulut davantage ; mais elle résista, disant encore qu'elle devait le mener à la plus belle qui fût : si bien qu'il lui promit sur sa foi de ne faire que ce qu'elle voudrait.

Après avoir un peu marché, ils parvinrent à une maison si bien entourée de chênes serrés et de buissons de ronces et d'épines que nul passant n'eût pu la découvrir. La pucelle ouvrit sans bruit une fausse poterne et fit entrer monseigneur Gauvain, puis elle lui dit :

– Sire, maintenant il convient que je vous apprenne que votre amie est la fille du roi de Norgalles : elle a juré qu'elle ne serait jamais qu'à vous, parce qu'elle vous prise comme le meilleur chevalier du monde. Mais, par ma foi, elle est fort bien gardée !

Elle prit plein poing de chandelles et mena monseigneur Gauvain dans une étable où il vit jusqu'à vingt destriers aussi grands et forts qu'on les avait pu trouver, et vingt beaux palefrois tout noirs ; puis dans une volière où elle lui montra vingt faucons sur leurs perches ; et elle lui dit que tout cela appartenait à vingt chevaliers qui toutes les nuits gardaient la pucelle ; mais durant le jour ils s'allaient divertir où ils voulaient.

– Voici, ajouta-t-elle, la chambre où ils se tiennent et dans celle qui suit dort la plus belle du monde. Faites maintenant ce que le cœur vous dira.

Là-dessus elle s'en fut, et messire Gauvain tira son épée ; puis il vint prêter l'oreille à la porte : n'entendant rien que la respiration de vingt dormeurs, il traversa légèrement, au clair de la lune, la chambre aux chevaliers, et il entra dans celle de la pucelle dont il referma l'huis.

Dessus un des plus riches lits qu'il eût jamais vus, sous une couverture d'hermine, reposait une demoiselle de grande beauté. Messire Gauvain ôta son heaume, baissa sa ventaille et commença de la baiser tout doucement, si bien qu'elle s'éveilla en se plaignant un peu, comme femme qui sommeille.

– Sainte Marie Dame ! fit-elle en le voyant.

– Taisez-vous, douce amie, au nom de ce que vous aimez le plus au monde !

– Êtes-vous un des chevaliers de mon père ?

– Belle douce amie, je suis Gauvain, le neveu du roi Artus.

– Ha, fit-elle en souriant, vous m'avez causé la plus belle peur que j'aie jamais eue. Pourtant vous n'êtes pas fait d'une sorte à effrayer les pucelles.

Là-dessus, elle le baisa en le serrant dans ses bras, tout armé comme il était.

– Ôtez ce haubert, dit-elle encore : c'est un habit trop froid.

Alors il se dévêtit et se coucha ; et ils firent l'un de l'autre tout leur plaisir jusqu'à ce que le sommeil le vainquît ; et elle à son tour, qui était jeune et grasse, s'endormit dans la douceur de son ami.

Cependant le roi de Norgalles, qui s'était levé pour quelque affaire, ouvrit en revenant une petite fenêtre qui donnait dans la chambre de sa fille, et il la vit qui reposait aux bras d'un chevalier. Il courut chercher son épée ; mais en refermant la lucarne, il fit quelque bruit, de façon que messire Gauvain et la demoiselle s'éveillèrent. Le chevalier saisit ses armes que son amie l'aida à revêtir, et, comme il n'avait point son écu, il prit un échiquier en guise de bouclier.

– Savez-vous ce que vous ferez ? lui dit-elle. Voyez cette fenêtre : durant que vous sauterez, la porte tiendra bien, car elle est épaisse.

Déjà les vingt chevaliers criaient à la demoiselle d'ouvrir, tandis qu'on entendait le roi les injurier. Mais messire Gauvain craignait d'abandonner la belle au courroux de son père.

– Je n'ai garde de ce que j'ai fait, lui dit-elle, car messire le roi et madame la reine m'aiment plus qu'eux-mêmes, pour ce qu'ils n'ont plus auprès d'eux d'autre enfant que moi.

Alors messire Gauvain lui baisa les yeux et la bouche tendrement, et il sauta par la fenêtre. Dans la cour, un destrier l'attendait, que tenait la pucelle qui lui avait servi de guide.

– Sire, lui dit-elle, il faut que vous me meniez en sûreté, car tout l'or du monde ne me sauverait pas, si je restais ici.

Alors il lui dit de monter sur son palefroi et de chevaucher à ses côtés ; ce qu'elle fit. Et tous deux s'en furent, non sans que messire Gauvain occît quelques sergents qui voulaient l'arrêter.

IV

Ils chevauchèrent tout, le reste de la nuit à travers la forêt, qui appartenait au roi de Norgalles et qu'on nommait la forêt Bleue. Au matin, ils débuchèrent dans une grande lande où ils aperçurent un chevalier en grand péril, car il était aux prises avec deux autres fer-vêtus et dix sergents ; mais il se défendait si roidement que ses assaillants n'en pouvaient venir à bout.

– Sire, dit la pucelle à monseigneur Gauvain, je crois bien que ceux-là sont de la maison du roi de Norgalles. Détournons-nous un peu afin qu'ils ne me reconnaissent pas.

– Par Dieu, demoiselle, il me faut aider ce chevalier qui est seul et qu'ils ont fort malmené.

– Certes, vous n'avez jamais rien dit dont je vous sache si bon gré. Je ne sais quel est ce chevalier, mais il est si preux que je lui donnerais mon amour volontiers.

Là-dessus, messire Gauvain heurta son cheval des éperons et reconnut en approchant Sagremor le desréé. Il renversa du premier coup l'un des deux chevaliers de Norgalles ; puis, comme un sergent haussait sa hache pour l'en frapper, il lui coupa le bras ; fendit à un autre, d'un seul revers, la tête en deux morceaux, comme une pomme ; et heurta le troisième du poitrail de son destrier. Cependant Sagremor faisait voler le chef du deuxième chevalier. Ce que voyant le reste des sergents prit du champ.

Les deux compagnons s'embrassèrent sans daigner poursuivre ces gens de pied ; après quoi ils s'en revinrent vers la pucelle qui était demeurée sous le couvert du bois afin de n'être pas reconnue.

– Qui est-ce ? demanda Sagremor.

– En nom Dieu, répondit messire Gauvain, c'est une demoiselle, belle à merveille.

– Qu'elle soit donc la bienvenue ! reprit Sagremor.
Et il se hâta de saluer la pucelle.

– Demoiselle, dit messire Gauvain, ne disiez-vous pas que vous accorderiez votre amour à ce chevalier ?

– Certes, sire !

– Dévoilez-vous donc.

– Comment ? Ne m'a-t-il pas lui-même donné son cœur ?

– Il veut vous voir auparavant, car un chevalier ne saurait aimer sans connaître ce qu'il aime.

– Sire, dit la pucelle à Sagremor, c'est donc que j'ai de vous meilleure opinion que vous de moi, car je vous donnai mon amour d'abord que je vous aperçus. Je me dévoilerai, mais vous ôterez votre heaume. Si je vous plais, vous le direz ; mais si vous n'êtes à mon gré, quitte et quitte !

– Soit ! dit Sagremor en riant.

Là-dessus, la pucelle de baisser son voile et de rire à son tour.

– Ha ! dame, s'écria Sagremor aussitôt, je veux être vôtre et me tiens pour assez payé !

– En nom Dieu, répondit la demoiselle en regardant monseigneur Gauvain, un chevalier aussi preux que vous me priait d'amour hier soir !

– Demoiselle, vous allez donc me trouver bien laid, bien noir et bien marqué des coups que j'ai reçus.

Ce disant il ôta son heaume, et elle vit qu'il avait le visage le plus bel et le plus avenant malgré les meurtrissures du combat.

– Demoiselle, que vous en semble ? demanda messire Gauvain.

– Sire, mieux encore que devant !

Là-dessus Sagremor lui donna un baiser, et elle le lui rendit très volontiers.

– Dame, dit messire Gauvain, vous n'avez pas fait trop indigne ami : c'est Sagremor le desréé, neveu de l'empereur de Constantinople et compagnon de la Table ronde.

La demoiselle fut très contente, et Sagremor et elle se mirent à se regarder ; or, tant plus ils se regardaient, tant plus ils s'aimaient. Mais le desréé avait une maladie : c'est que, lorsqu'il s'était bien échauffé à combattre, il lui fallait trouver à manger ; sinon, en se refroidissant, il enrageait tout vif de faim et s'affaiblissait jusqu'à mourir. Et, à cause de cela, Keu le sénéchal l'avait un jour surnommé Mort de Jeûne. Messire Gauvain dut faire mener en laisse par la pucelle son propre destrier et monter en croupe derrière son compagnon pour le soutenir ; mais, de la sorte, ils parvinrent à la maison d'un vavasseur, où Sagremor eut à manger et reprit toute sa force. Et, le lendemain, les deux chevaliers se remirent en route, en compagnie de la pucelle.

V

Le ciel était nuageux et le temps sombre ; mais on était en juillet, et l'herbe était si haute que les chevaux y entraient jusqu'à mi-jambe. Comme la demoiselle et ses compagnons traversaient un vaste pré, ils virent passer au loin, à la corne d'un bois, trois chevaliers tout armés, les écus au col, les heaumes lacés, prêts à se défendre comme à assaillir, suivis de leurs écuyers. Ils s'arrêtèrent, se montrant monseigneur Gauvain et Sagremor, et l'un d'eux ne tarda pas à se détacher et s'approcha au grand galop. Aussitôt, le desréé de s'élancer, lance sur feutre ; mais, au moment qu'il allait heurter l'inconnu, il leva son arme et tira si rudement sur le frein qu'il pensa renverser son destrier : il avait reconnu monseigneur Yvain. Celui-ci arrêta son cheval à son tour, et tous deux se firent de grandes amitiés. Keu le sénéchal et Giflet accouraient, étonnés : ils firent fête à monseigneur Gauvain et à Sagremor. Tous cinq résolurent de ne plus se séparer avant que d'avoir trouvé une aventure. Et ils continuèrent leur chemin, devisant et riant entre eux le plus gaiement du monde.

Le jour s'était peu à peu éclairci, le soleil rayonnait, chaud et vermeil, les oiselets gazouillaient doux et clair sous la feuillée, les rameaux des arbres heurtaient parfois les écus et les hauberts et les faisaient tinter à grande joie : si bien que Sagremor, qui chevauchait un peu en arrière, en causant avec sa mie qu'il tenait par le col, se prit à chanter une chanson de croisade qu'il avait apprise en son enfance. Et sachez qu'il chantait bien et plaisamment, en sorte que la pucelle l'écoutait sans mot dire et que ses compagnons, qui allaient devant, ralentirent leur allure.

Le temps nouveau, le mai, la violette,
Les rossignols m'invitent à chanter,
Et mon fin cœur me fait d'une amourette
Le doux présent que n'ose refuser.
Ah ! Dieu me laisse à tel honneur monter
Que celle où j'ai mon cœur et mon penser
Je tienne un jour entre mes bras, nuette,
Avant que j'aille outre-mer !

– Je ne sais pas un chevalier à la cour du roi mon oncle, qui soit aussi agréable que Sagremor, dit messire Gauvain.

– Non, fit messire Yvain, ni qui soit plus preux et entreprenant.

– Attendons-les, et nous chanterons avec eux.

Ha ! ils ont bien plus de plaisir entre eux deux qu'en notre compagnie ! s'écria Giflet.

Comme il disait ces mots, la demoiselle se prit à chanter à son tour, et il n'y avait femme en tout le pays de Logres qui si bien le fît, de manière que les compagnons l'écoutèrent volontiers, oubliant leurs gais propos et leurs rires.

>Lorsque je vois l'aube venir
>Je ne sais rien si fort haïr :
>Elle fait loin de moi partir
>Mon ami que j'aime d'amour.
>Je ne hais rien tant que le jour,
>Ami, qui me départ de vous !
>
>Quand je gis seulette en mon lit
>Et regarde alentour de mi
>Sans plus y trouver mon ami,
>Que je regrette mes amours !
>Je ne hais rien tant que le jour,
>Ami, qui me départ de vous !
>
>Doux ami, vous vous en irez…
>À Dieu soyez recommandé !
>Mais qui aura de moi pitié ?
>Ha, mon cœur est étreint d'amour !
>Je ne hais rien tant que le jour,
>Ami, qui me départ de vous.
>
>Je prie tous les vrais amants
>D'aller cette chanson chantant
>Quoi qu'en disent les médisants :
>Tant pis pour les maris jaloux !
>Je ne hais rien tant que le jour,
>Ami, qui me départ de vous !

Quand elle eut fini, Sagremor reprit, et cette fois Giflet chanta avec lui, et messire Yvain leur bourdonna doucement par-dessus ; puis ils se mirent tous à rire et à causer : et tel fut ce beau matin envoyé par Dieu.

VI

Les compagnons parvinrent ainsi au bord d'un val semé de fleurs. Au milieu, l'on voyait sourdre une fontaine dont l'eau semblait fraîche comme glace et dont le mince ruisseau courait si clair sur du menu gravier qu'il brillait au soleil plus qu'une épée d'argent. Un grand pin ombrageait la source et, pour cette raison, on la nommait la fontaine du Pin.

Comme les chevaliers et la pucelle allaient entrer dans la vallée, ils virent un écuyer sortir au grand galop de la forêt voisine, traverser la prairie, appuyer contre l'arbre une liasse de lances, suspendre rapidement à une branche un écu noir semé de gouttes d'argent, et regagner à toute bride le couvert des arbres. Intrigués, ils se dissimulèrent dans le bois. Ils n'attendaient pas depuis bien longtemps, lorsque surgit de la forêt un chevalier monté sur un fort destrier. Il approche de l'arbre, regarde les lances en riant, descend de son cheval, ôte son heaume et, penché sur la source, boit à longs traits. Comme il se relevait, il aperçoit l'écu, et tout soudain fond en larmes. Mais bientôt il arrête de pleurer, et se reprend à rire aux éclats et à mener la plus grande joie du monde. À nouveau, il repart à gémir ; puis à rire ; et ainsi de suite sept ou huit fois.

– En nom Dieu, s'écria Keu, si ce n'est là un fol, c'est qu'il n'en est plus en ce monde. Tantôt il pleure, tantôt il rit ! J'irai lui demander pourquoi.

Mais Sagremor courut à la tête de son cheval.

– Par mon chef, vous n'irez point ! Vous savez bien que les reconnaissances me reviennent de droit. C'est pour cela que madame m'a surnommé le desréé.

En effet, la reine l'avait un jour appelé ainsi parce qu'il était toujours le premier à se détacher, à quitter les rangs et à courir à l'ennemi. À lui toujours la première lance ; à lui de combattre à l'extrême pointe, en enfant perdu. Donc, il piqua des deux vers le chevalier inconnu, mais il n'obtint d'autre réponse à sa question qu'un regard de travers et ces mots :

– Beau sire, laissez-moi en paix ; je n'ai cure de votre compagnie.

– Par Dieu, répliqua Sagremor, il vous faudra donc me répondre de force !

Là-dessus, l'inconnu de lacer son heaume et de changer son écu blanc au quartier de sable pour celui qui était suspendu à la branche, le tout en pleurant et lamentant à croire qu'il allait rendre l'ame ; puis il prend une des lances appuyées à l'arbre et, tout riant, laisse courre à Sagremor. Du premier coup, il le fait voler à terre ; après quoi il attrape son cheval, le débride, le chasse dans la foret à coups de bois de lance, et se reprend à gémir de toutes ses forces.

À son tour, Keu s'adresse au chevalier qui pleure et rit, et se voit traité tout de même ; puis Giflet, puis messire Yvain ; et messire Gauvain allait jouter, lui cinquième, lorsqu'il vit sortir du bois un gros nain, tout bossu, monté sur un palefroi à selle dorée et portant sur l'épaule un bâton de chêne fraîchement coupé. L'affreux petit homme pique vers le pin, et arrivé à côté du chevalier qui pleure et rit, il se dresse sur ses étriers et commence de le battre à grands coups de sa gaule ; enfin, las de le frapper, il saisit son destrier par le frein, et l'emmène sans que le battu ait fait seulement mine de résister.

À voir cela, messire Gauvain et les quatre compagnons démontés étaient stupéfaits au point qu'ils semblaient hors de sens.

– Par ma foi, dit enfin messire Gauvain, c'est là une des plus grandes merveilles que j'aie jamais connues ! À tout prix, il faut que je sache quel est ce chevalier, et pourquoi il a tant pleuré et tant ri, et pourquoi le nain l'a battu.

Là-dessus, il recommanda ses compagnons à Dieu, en leur disant de le suivre quand leurs écuyers auraient rattrapé leurs chevaux, et il se mit sans tarder sur les traces du nain et de son prisonnier.

VII

Vers l'heure de tierce, il parvint à un pavillon dont la porte ouverte laissait voir une demoiselle d'une grande beauté, assise sur une riche couche : une pucelle à genoux peignait ses cheveux qui étaient blonds comme de l'or fin, tandis qu'une autre lui présentait un miroir et une couronne de fleurs. Messire Gauvain lui souhaita le bonjour.

– Dieu vous bénisse, sire chevalier, répondit-elle, si vous n'êtes pas de ces mauvais mécréants qui virent battre et injurier le bon chevalier sans l'aider.

– Ha, demoiselle, pour Dieu, dites-moi quel est ce chevalier et pourquoi il menait ainsi deuil et joie !

Mais, à ces mots, il sentit son destrier bondir sous lui et retomber mort, et comme il se remettait debout lui-même, tout irrité, il vit le nain tenant dans sa main une épée sanglante dont il venait d'occire le cheval. Alors il se jeta sur lui et il l'empoignait déjà, prêt à l'écraser, lorsque le petit bossu, qui avait nom Groadain, se mit à crier :

– Ha ! ma mère me l'avait bien dit, que je mourrais de la main du pire homme du monde !

– Certes, vous êtes mort, répliqua messire Gauvain, si vous ne me dites pourquoi le chevalier riait et pleurait sur la fontaine, et pourquoi il a changé d'écu, et pourquoi vous l'avez battu et emmené sans qu'il se défendit.

– Je te le dirai pourvu que tu m'octroies un don : c'est de combattre le chevalier que je te désignerai.

Messire Gauvain ayant juré, le nain parla à la pucelle au miroir, qui sortit et revint bientôt, accompagnée du chevalier de la fontaine, jeune, blond et beau, quoiqu'il eût le visage tout meurtri, tant les mailles de son haubert lui avaient gâté la peau sous les coups de bâton du nain.

– Sache que ce chevalier a nom Hector des Mares et que cette pucelle est ma nièce et pupille, et que tous deux s'aiment plus que leur vie. Or, Hector voudrait combattre Ségurade, qui est de si grande prouesse qu'on l'a surnommé le chevalier Fée, car si nul ne vainc Ségurade avant la fin de l'année, il pourra prendre pour femme la dame de Roestoc, qui le déteste ; mais elle a dû s'accorder à cela avec lui. Ma nièce, cependant, tant elle redoute le péril pour son ami, lui a fait jurer de ne défier nul chevalier sans qu'elle le lui ait permis, et de ne pas jouter sans avoir un écu noir à gouttes d'argent qu'elle lui a fait faire. Hector souffre cruellement de se voir ainsi empêché ; il rêva, l'autre nuit, qu'il était provoqué par le chevalier Fée à la fontaine du Pin ; aussi, quoique ma nièce l'eût averti que songe n'est que mensonge, il s'est empressé d'y courir ce matin. Mais elle m'avait conté ce rêve, et j'ai fait porter à la fontaine ces lances qu'Hector croyait celles de Ségurade, et l'écu qui lui rappelait son serment, afin qu'il crût le songe réalisé. Et il riait ou pleurait, selon qu'il regardait les unes qui signifiaient bataille et gloire, ou l'autre qui signifiait paix et obscurité. S'il s'est laissé corriger comme il le méritait, c'est qu'il me redoute, pour ce que de mon vouloir dépend son mariage avec ma nièce. Maintenant, tu sais ce que tu voulais savoir. À toi de tenir ta promesse en combattant le chevalier Fée, car c'est contre lui que je compte t'employer. La dame de Roestoc, qui est ma dame lige, m'a mandé par lettre que le terme de son année approche et que j'aille à la cour du roi Artus, à force de chevaux, pour en ramener monseigneur Gauvain, comme si c'était chose aisée que de le trouver, lui qui est toujours errant ! Maudits soient les femmes et ceux qui les aiment ! Je t'amènerai au lieu de monseigneur Gauvain, quoique tu ne vailles pas une chambrière. Je crains seulement que tu ne t'enfuies, car tu es le pire chevalier qui ait jamais porté écu.

VIII

Messire Gauvain ne répondit mot : il était trop dolent de la mort de son bon cheval. Et quand Hector vint lui dire, tout honteux, de ne point se blesser des propos du nain, il répliqua qu'il ne s'en souciait point. Au reste, il ne tarda pas à faire paraître ce qu'il valait : car, à quelques jours de là, il vainquit le chevalier Fée ; il n'y a pas d'utilité à raconter comment.

Pour le faire court, le conte dit seulement que, lorsque Ségurade eut crié merci, le sénéchal de la dame de Roestoc et Hector se hâtèrent de le relever, blessé comme il était, et de l'emporter au château, et la dame courut à leur suite, ainsi qu'une grande partie du peuple qui voulait voir ce qu'on ferait du vaincu : de manière qu'il ne resta que très peu de gens sur le champ autour de monseigneur Gauvain. Un valet, du pays qui tenait son cheval le lui amena et l'aida à monter. Et, se voyant oublié, il piqua des deux et s'enfonça dans le bois.

Cependant la dame de Roestoc rejoignait le cortège qui emportait Ségurade. Hector lui demanda avec surprise ce qu'elle avait fait de son champion. Elle tourna la tête et, ne l'apercevant point, changea de couleur et revint en toute hâte sur ses pas. Mais les gens qui étaient restés sur le terrain lui apprirent que le chevalier vainqueur s'en était allé tout seul. Aussitôt elle commença de mener le plus grand deuil qu'on eût jamais vu, pleurant, frappant ses poings l'un sur l'autre et criant qu'elle était déshonorée. Et vainement Hector, avec tous les chevaliers et les sergents de Roestoc, explora la forêt : on ne sut retrouver aucunes traces de monseigneur Gauvain. Là-dessus, la dame jura que jamais elle n'aurait repos avant de savoir le nom du chevalier qui l'avait délivrée, et elle partit avec Hector et son amie pour la cour du roi Artus où elle espérait en avoir nouvelles. Et en punition des outrages que le nain Groadain avait faits au vainqueur du chevalier Fée, elle le condamna à traverser toutes les villes par où l'on passerait, attaché par un licou à la queue de son palefroi.

IX

Le roi Artus et la reine la festoyèrent, car elle était haute femme, et elle leur conta ce qui était arrivé et comment elle avait oublié de remercier le bon chevalier qui lui avait rendu si grand service. Le roi lui demanda d'en décrire les contenances et l'aspect, et dès qu'elle l'eut fait, il lui dit :

– M'est avis que c'est mon neveu Gauvain.

– Dieu m'aide ! s'écria la dame. En ce cas, je suis honnie !

Et elle supplia la reine d'obtenir de la nièce de Groadain qu'elle permît à Hector de partir en quête de monseigneur Gauvain.

– Dame, ne craignez rien, fit la reine, je saurai bien la contraindre. Avertissez-la seulement que je vous ai fort priée de demeurer ici et ne m'accordez nul don qu'elle ne m'en ait octroyé un.

Ainsi fut fait. Le lendemain, devant toute la cour, la reine invita la dame de Roestoc à prolonger son séjour ; mais elle répondit que c'était impossible. Alors la reine prit à part la nièce de Groadain.

– Belle amie, savez-vous ce que je ferai ? Je demanderai à votre cousine de m'octroyer un don : elle croira que c'est pour l'obliger à demeurer, mais je lui requerrai le pardon de votre oncle le nain.

– Ha ! dame, fit la pucelle, comme vous êtes avisée !

Là-dessus, toutes deux s'approchèrent de la dame de Roestoc, que la reine pria de lui accorder un don.

– Dame, je vous l'octroierai, si ma cousine vous en octroie un auparavant.

La reine reçut le serment de l'une et de l'autre ; après quoi elle dit :

– Savez-vous ce que vous m'avez donné ? Vous, la délivrance du nain Groadain. Et vous, demoiselle, que vous prierez Hector de partir en quête de mon neveu Gauvain et que vous ferez tant qu'il ira.

À ce coup, l'amie d'Hector fut si étonnée qu'elle demeura longtemps sans pouvoir parler. Enfin elle dit :

– Dame reine, certes il n'y a pas tant de bien en vous que l'on prétend ! On a peu de mérite à tromper une pucelle. Au reste, jamais je ne prierai Hector de partir, dussé-je être démembrée.

– Certes, vous ne seriez pas la nièce de Groadain si vous n'étiez félonne. Sachez bien que vous n'aurez jamais terre en fief jusqu'à ce que vous ayez acquitté votre serment.

– Dame, je n'aurai donc jamais mon héritage !

Là-dessus, la pucelle se leva, pleurant amèrement, et fut se jeter sur son lit. Vainement le nain et Hector la supplièrent à genoux de ne point fausser sa promesse. À la fin, la reine qui en avait pitié la manda auprès d'elle, et fit tant que la pucelle dit en pleurant que ni par sa prière, ni par son commandement, Hector n'irait en péril de mort, mais que, s'il voulait partir, elle le lui permettait. Et elle se remit à pleurer si fort que la dame de Malehaut l'emmena dans une chambre afin que le commun des gens ne la vît pas ainsi.

Cependant, Hector prenait congé, heaume en tête afin de cacher les larmes qui lui coulaient des yeux pour la douleur de sa mie. Toutefois, il sentait bien qu'il l'aimait moins, à cause de la prison où elle voulait le tenir. D'ailleurs, la reine lui promit que, s'il accomplissait quelque prouesse durant cette quête, elle le ferait asseoir à la Table l'onde, et aussi qu'elle saurait bien consoler la nièce du nain. Grâce à quoi il partit réconforté.

X

Comme il s'éloignait, on vit entrer dans le palais une belle demoiselle qui portait un écu sous une housse et qui demanda de parler à la reine.

— Dame, lui dit-elle, celle qui m'envoie vous prie de bien garder cet écu, car il vous guérira de votre plus grande douleur et marquera votre plus grande joie.

La reine prit l'écu et vit qu'il était fendu en deux parties que maintenait seule la boucle, de telle façon que l'on pouvait passer toute la main par la brisure. Sur l'une des moitiés était peint un chevalier tout armé fors la tête, et sur l'autre une belle dame, et tous deux se tenaient par le col et se fussent tendrement baisés, s'ils n'eussent été séparés par la fente.

— Dame, reprit la pucelle, ce chevalier, qui est le meilleur du monde, a tant fait que cette dame lui a donné son amour. Mais il n'y a encore eu entre eux que le baiser et l'accoler. Quand il y aura eu davantage, les deux parties de l'écu se joindront.

La reine demanda à la demoiselle par qui elle était envoyée, et l'autre lui dit que c'était par la Dame du Lac. À ce nom, la reine lui fit mille caresses, mais elle tenta vainement de la retenir : la pucelle voulut repartir sur-le-champ.

XI

Or le conte dit à cet endroit qu'Hector eut plusieurs aventures très belles en quêtant monseigneur Gauvain.

Un soir qu'il venait de sortir des terres de Norgalles, il aperçut devant lui une cité tout entourée d'eau courante ou de marais, et si bien fortifiée qu'elle ne pouvait craindre que la famine. Mais alentour, dans la campagne, on ne découvrait que ruines et maisons incendiées.

Il s'engagea sur une longue chaussée, très étroite, qui menait à travers les fossés jusqu'à la barbacane de la porte. Tout était ouvert : il passa. Mais, aussitôt qu'il parut dans la rue, de tous côtés les gens s'enfuirent et l'on entendit claquer les huis de leurs maisons. Il fut par la rue déserte jusqu'à la seconde porte et la trouva close. Alors il revint sur ses pas, maudissant le lieu et les habitants, et s'aperçut qu'on avait fermé également la porte par où il était entré.

Un vilain, qui revenait des champs tout chargé de ramée, entra à ce moment dans la rue, et, voyant Hector, il jeta son fardeau pour s'enfuir au plus vite dans une maison ; mais, avant qu'il eût pu en déclore l'huis, le chevalier l'atteignit et lui cria qu'il était mort s'il ne lui enseignait comment sortir. À quoi le vilain répliqua que, fût-il le roi Artus, il lui faudrait demeurer dans la ville cette nuit.

– Comment ! s'écria Hector courroucé, prétend-on m'héberger ici malgré moi ?

Et s'étant emparé de la cognée que le bûcheron portait au cou, il saute à bas de son cheval qu'il attache au crochet d'une maison, et court frapper à grands coups sur la porte de la ville.

Il l'avait déjà entamée, lorsqu'un valet se présenta.

– Sire, vous faites mal de tailler ainsi notre porte. Venez plutôt au château, car il faut vous héberger ici.

– Je n'y mettrai pas les pieds ! cria Hector.

– Au moins mènerai-je votre cheval à monseigneur, reprend le valet qui, aussi léger qu'un émerillon, saute sur le destrier et s'enfuit.

Il fallut bien aller au palais. Hector gravit les degrés et entra dans une salle bien jonchée de menthe, de glaïeuls et de roseaux, où brillaient tant de chandelles qu'on l'eût crue éclairée par la lumière même des étoiles errantes aux cieux. Un feu de bûches y brûlait dans une cheminée, entre quatre colonnes, si grand que quarante hommes, dit le conte, s'y fussent chauffés à l'aise ; mais, assis devant la flamme, il n'y avait qu'un vieillard vêtu d'une robe d'écarlate fourrée de martres zibelines, au milieu de quelques chevaliers.

– Sire, dit le prud'homme à Hector sans lui rendre son salut, les preux de votre pays sont-ils donc charpentiers pour dépecer les portes ainsi ?

– Sire, je suis un chevalier errant, et sachez que j'ai de grandes affaires. Je vous requiers de me faire rendre mon cheval qu'un valet m'a pris.

– Je le ferai quand vous m'aurez donné satisfaction de la porte que vous avez taillée.

– Je l'eusse bien coupée si j'en eusse eu le loisir ! Il n'y a ici que de vrais excommuniés ! Certes, ils n'ont cure de conseiller un franc homme !

En le voyant si courroucé, le vieux chevalier se mit à rire et lui demanda qui il était.

– Hector des Mares, chevalier de la reine, femme du roi Artus de Logres.

Aussitôt le vieillard se leva devant lui et lui souhaita la bienvenue, puis il le fit désarmer et couvrir d'un riche manteau.

– Hector, lui dit-il, vous avez vu que cette cité est forte : aussi maints barons l'ont-ils désirée. Le roi Belinan de Norgalles, le duc Escan de Cambenic et beaucoup d'autres ont tenté de la prendre, et à cette heure Marganor, le sénéchal du roi des Cent Chevaliers, me fait rude guerre. Ainsi, du jour que j'ai été chevalier, il m'a fallu me défendre et je n'ai pas cessé de guerroyer toute ma vie. Las ! me voilà tout vieux et je n'ai d'autre enfant qu'une fille belle et sage ; aussi ne la veux-je donner qu'à un chevalier de grande richesse et de grande prouesse, qui soit capable de maintenir ma terre. Il y a trois ans, les bourgeois sont venus me dire que je tardais trop à la marier, et qu'ils déguerpiraient de ma cité, si je ne leur faisais serment de garder ici une nuit et une matinée tous les chevaliers errants qui passeraient : ils pensent que je pourrai de la sorte faire épouser ma fille par quelque prud'homme et en avoir un héritier. En outre, mes hôtes doivent jurer sur les reliques qu'ils combattront les ennemis de l'Étroite Marche : ainsi a nom ce château.

– Sire, c'est là une mauvaise coutume, dit Hector. Un étranger ne doit pas être forcé de guerroyer contre qui ne lui a méfait.

– Qu'y puis-je ? Il n'y a pas sept jours que deux chevaliers du roi Artus ont été pris en combattant ici contre Marganor. Ils m'ont dit qu'ils s'appelaient Yvain et Sagremor, et qu'ils étaient en quête du meilleur homme qui ait jamais porté écu, bien qu'ils ne sussent où il est, ni ne le connussent. J'ai eu grand chagrin de leur prise, mais il faut obéir à la coutume.

En apprenant cette nouvelle, Hector poussa un grand soupir, car, bien qu'il n'eût jamais vu monseigneur Yvain ni Sagremor le desréé, il avait souvent ouï parler d'eux. Et la nuit il dormit peu, car il se demanda comment il les pourrait délivrer, tout seul comme il était. Il se leva dès qu'il vit le jour, et, quand il eut entendu la messe, il réclama ses armes. Mais le vieux sire lui rappela qu'il devait jurer de combattre les ennemis de l'Étroite Marche avant que de les avoir. Les reliques furent apportées, et très volontiers il fit le serment, car il pensait aux deux prisonniers.

XII

Sachez que, la nuit, il y avait trêve. Mais chaque matin, l'armée de Marganor sortait de son camp et se présentait devant la cité ; et quelques fervêtus ne manquaient jamais de venir, l'un après l'autre, défier au pied de la muraille ceux de l'Étroite Marche ; pourtant le sire du château défendait à ses hommes de sortir parce qu'ils n'étaient plus que vingt-sept.

Hector se fit ouvrir à l'improviste la barbacane, et, comme la chaussée était si étroite que les chevaliers de Marganor ne pouvaient avancer qu'un à un, il en renversa d'abord trois coup sur coup. D'autres accoururent à la rescousse ; mais Hector était déjà rentré, et ils furent couverts de flèches et assommés de pierres par les archers de la ville, si bien que, ne pouvant faire plus, ils s'en retournèrent. Hector sortit de nouveau et abattit successivement tous ceux qui se risquèrent sur la chaussée pour jouter contre lui, et il se réfugiait dans la barbacane chaque fois que les ennemis venaient en trop grand nombre : tant qu'à la fin le sénéchal lui-même, émerveillé de sa prouesse, le défia à son tour.

Marganor était très bon chevalier et sûr ; pourtant il fut arraché des arçons au premier choc. Et vous eussiez vu Hector descendre sur-le-champ de son destrier, car il n'était pas homme à requérir à la lance un chevalier à pied. Or, le sénéchal connaissait l'escrime aussi bien que personne au monde ; toutefois Hector le fit tôt choir sur les genoux, et dans le même instant il le saisit par son heaume pour le coucher à terre, mais tira si rudement qu'il brisa les lacets et que le heaume lui resta dans la main ; et, tandis qu'il le jetait au loin dans le marais, le sénéchal se releva et se remit en défense.

– Sire, tenez-vous pour outré !

– Sire, répondit Marganor, jamais je ne me tiendrai pour outré par vous. Au reste, ce heaume ne faisait que me gêner ; j'avais trop chaud à la tête.

Mais que peut le plus vaillant, le chef nu ? Certes, le sénéchal se défend hardiment ; mais bientôt il se voit poussé au bord de la chaussée.

– Marganor, lui crie Hector en reculant de quelques pas, tu vas tomber dans l'eau !

Et il l'invite encore une fois à se tenir pour outré ; et encore une fois le sénéchal refuse.

– Je ne t'en prierai donc plus aujourd'hui !

Pourtant, peu après, comme Marganor, en sautant en arrière pour éviter un coup à la tête, avait glissé dans le marais et s'enfonçait dans la vase jusqu'à la taille :

– S'il plaît à Dieu, un si bon chevalier ne mourra pas vilainement ! s'écrie Hector.

Et, le prenant par le poing, il le tire de l'eau à grand'peine :

– Sire, comment vous sentez-vous ?

– Assez bien, sire, grâce à Dieu et à vous, pour voir et reconnaître que vous êtes la fleur des chevaliers. Prenez mon épée ; je vous la rends et ferai ce que vous me commanderez.

Alors tous deux, de compagnie, gagnèrent la barbacane et entrèrent dans la cité, où toutes les pucelles vinrent à leur rencontre en se tenant par le doigt et chantant de beaux lais de joie. Le vieux sire, qui était très courtois, appela sa fille qui emmena Hector par la main ; et, aidée de sa mère, elle le désarma, puis le baigna et le lava dans une cuve d'eau chaude coulée deux fois, où macéraient des herbes très précieuses ; après quoi elles le couvrirent d'une robe vermeille d'écarlate, d'une cotte et d'un surcot fourrés de menu vair, car il faisait froid et il s'était beaucoup échauffé sous ses armes. Et vêtu de la sorte, tout jeune comme il était, avec ses cheveux blonds comme fin or, la pucelle, qui avait nom Florée, le regarda très volontiers.

Quand il revint dans la salle, le sire de l'Étroite Marche et ses chevaliers lui firent grande joie. Et, messire Yvain ne tarda point à regagner la ville avec Sagremor. Puis Hector fit la paix du sénéchal et du vieux seigneur. Après quoi, l'eau cornée et les nappes mises, tous s'assirent au souper. Et sachez qu'on leur présenta une hanche de cerf rôtie, accompagnée d'une sauce très bien épicée, puis d'autres mets et entremets, avec des vins exquis en abondance, bref tout ce qui convient à des corps d'homme. Et, devant les viandes, il y eut toujours deux écuyers qui faisaient honorablement leur service, tranchant sur un tailloir d'argent et offrant les morceaux sur des assiettes de pain ; et devant Hector un écuyer à genoux, et d'autres encore qui servaient à boire. Et, certes, le manger fut beau, car il dura bien quatre heures, mais l'on y tint tant de propos divertissants qu'il parut durer beaucoup moins de temps. Enfin, les tables levées, il y eut force danses et caroles, et les chevaliers et les dames s'éjouirent à entendre des fabliaux et des sonnets nouveaux, comme :

Quand je vois la rose mûre,
Le glaïeul s'épanouir,
Et sur la belle verdure
Les gouttes d'eau resplendir,
– Je soupire !

Mais que vous dirais-je de plus ?

XIII

Florée avait fait préparer pour Hector un haut lit où ne manquaient, certes, ni les draps blancs comme neige neigée, ni le mol oreiller, ni les coussins bien ouvrés, ni les riches couvertures, et, comme il était très las, il coucha tout seul dans une très belle chambre, sans la compagnie d'aucun chevalier.

Or, lorsque les dames furent endormies, la pucelle, en chemise et surcot, toute déceinte et les cheveux sur les épaules, vint s'agenouiller auprès de son lit sans qu'il s'en avisât tout d'abord, car il était à demi sommeillant ; enfin il l'aperçut. Elle lui souhaita le bonsoir et lui demanda s'il ne désirait point boire et s'il était bien couvert. Il lui rendit son salut et répondit que tout était bien. Alors elle se pencha vers lui, et lui dit tout bas, en lui mettant la main sur l'épaule :

– Ha ! sire, je me viens plaindre à vous de vous-même, et vous seul pouvez me faire droit. Vous ne m'avez pas demandée à mon père : pourquoi ?

– Par Dieu, ce n'est point que vous ne soyez assez belle et vaillante, et haute femme, et riche ! Mais je ne puis prendre femme avant que d'avoir achevé ma quête.

– Sire, si vous vouliez, je vous attendrais.

Hector se mit à rire et il la prit dans ses bras, puis il l'attira doucement et la baisa au visage ; et ce faisant il sentit qu'elle était froide pour ce qu'elle était demeurée longtemps à genoux.

– Demoiselle, lui dit-il, vous êtes toute morte de froid. Venez ici jusqu'à ce que vous soyez réchauffée et que le cœur vous soit revenu.

Ce disant, il la prit sous son drap tremblante comme la feuille sur l'arbre, et ils se jouèrent tant qu'elle s'endormit dans la douceur de son ami, et ils demeurèrent toute la nuit couchés bouche à bouche et bras à bras, ce qui, m'est avis, ne les ennuya guère. Et quand il fut temps qu'elle le quittât, la pucelle pria Hector de rester un jour encore à l'Étroite Marche pour l'amour d'elle, ce qu'il lui promit. Alors elle regagna son lit où elle sommeilla jusqu'au matin. Lorsqu'il plut à Dieu que les ténèbres disparussent, sa mère entra dans sa chambre, mais, la voyant dormir, la dame ne voulut la réveiller et s'en fut entendre la messe à la chapelle. En revenant, elle alla voir Hector qui était encore couché ; et il lui dit qu'il se sentait tout souffrant et qu'il ne pourrait sans doute chevaucher avant le lendemain.

– Demandez à ma fille ce dont vous aurez besoin, lui dit la dame, et elle fera votre volonté.

Puis elle lui prépara des gélines à la sauce blanche ; et il mangea et but très bien ; et tout le jour il eut compagnie de messire Yvain, de Sagremor, du seigneur de l'Étroite Marche et des dames, et la nuit de Florée. Lorsque vint pour eux l'heure de se séparer, elle le pria en pleurant d'accepter son anneau.

– Vous emporterez avec lui tout mon cœur.

Mais le conte laisse maintenant ce propos et devise de Galehaut, le fils de la belle géante, et de Lancelot, dont il s'est tu depuis longtemps.

XIV

En quittant Galore, ils chevauchèrent tant qu'ils parvinrent dans le Sorelois dont Galehaut était sire, car il l'avait conquis sur Glohier, le neveu du roi de Northumberland. C'était le plus délicieux pays qui fût en toute la Bretagne bleue, le mieux muni de bonnes forêts, de rivières poissonneuses et de plantureuses terres ; il était assez proche du royaume de Logres et Galehaut en préférait le séjour à tout autre, parce qu'il y prenait plus aisément qu'ailleurs le plaisir des chiens et des oiseaux.

Un mois après qu'ils y furent arrivés, la Dame du Lac envoya à Lancelot un damoisel, en lui mandant de le garder jusqu'à temps de le faire chevalier : et c'était Lionel, le fils aîné du roi Bohor de Gannes. Il fit plus tard d'assez hautes prouesses, comme l'histoire le rapportera quand il en sera temps, et Lancelot, dont il était le cousin germain, l'aima tendrement toute sa vie.

Galehaut demeurait en Sorelois plus privément qu'il n'avait coutume afin que personne ne sût quel était son compagnon. Et en vain réconfortait-il Lancelot de son mieux : celui-ci était si triste qu'il ne pouvait dormir et qu'il ne buvait et ne mangeait qu'à peine, en sorte qu'il tomba malade.

– Beau doux compagnon, lui demanda un jour Galehaut, si vous pouviez voir madame, ne seriez-vous plus aise ?

– Sire, je crois que oui. Mais comment serait-ce possible ?

– Nous lui manderons qu'elle nous oublie trop, et qu'elle fasse que nous la voyions.

– Ha, sire, en nom Dieu, merci !

Galehaut appela Lionel.

– Lionel, lui dit-il, tu vas te rendre à la cour du roi Artus, et sais-tu ce que tu feras ? Tout d'abord tu demanderas où est le roi, et puis tu t'enquerras de madame de Malehaut et tu la prieras de te faire parler en secret à la reine. Et quand tu seras devant la rose des dames, prends garde d'être preux, sage et bien disant. Si elle te demande ton nom, tu répondras que tu es le cousin de Lancelot et le fils du roi Bohor de Gannes. Et si elle te demande ensuite comment se porte Lancelot, tu diras qu'il ne peut aller bien quand il ne la voit pas, et qu'elle nous oublie, et que, si elle veut avoir pitié des plus malheureux chevaliers qui soient, elle trouvera quelque moyen pour que nous la voyions bientôt. Pars, et garde de dire à personne qui tu es ni où tu vas, ou bien tu nous feras morts et toi honni.

Lionel répondit qu'il se laisserait plutôt arracher les yeux, et il s'en fut sur son roussin, bien armé en écuyer, avec un corselet de mailles sous son hoqueton. Il menait en main un bon cheval de rechange bai-brun qui n'avait pas plus de sept ans, le poil plus luisant que soie, blanc des quatre pieds, maigre de tête, large de poitrail et de croupe, les oreilles menues, l'œil fier et profond, l'échine haute, la cuisse courte, la jambe plate, forte et droite, le sabot bien taillé, et qui aurait pu courir tout un jour sans avoir un poil mouillé et se trouver aussi frais le soir qu'au matin.

XV

Un jour qu'il traversait un bois épais, il rencontra deux chevaliers larrons et qui ne vivaient que de vol. Il les salua.

– Çà, baillez-nous ces deux chevaux et vos armes ! firent-ils.

– Quoi ! beaux seigneurs, vous êtes chevaliers et voulez dérober un écuyer ! Laissez-moi aller. Vous seriez bien réprouvés si vous me mettiez à pied.

Mais, sans répondre, ils s'avancent, et l'un d'eux saisit le bai-brun par le frein.

– Beaux seigneurs, attendez que je descende.

Il saute à bas de son roussin et s'approche du destrier, feignant de vouloir ôter ses armes ; mais soudain il pose le pied à l'étrier, s'envole en selle comme un émerillon, broche des éperons et part à bride abattue, en criant qu'ils peuvent garder l'autre cheval, mais que celui-ci est trop bon pour eux.

Trop mal monté pour tenter d'atteindre le fuyard, l'un des deux chevaliers s'approche du roussin et veut le prendre par la bride. Mais l'animal lui tourne la croupe et rue si félonnement des deux pieds qu'il lui brise l'épaule de sa monture ; après quoi il s'élance au galop derrière son compagnon d'écurie qu'il aimait de grand amour, et qui pour l'appeler hennissait si haut et si clair que la campagne en retentissait à plus d'un quart de lieue.

Cependant, l'autre chevalier s'était jeté, la lance au poing, à la poursuite de Lionel, qui gardait de trop le distancer, comme il l'aurait pu aisément, car le bai-brun était vif comme cerf de lande. À un moment, même, le chevalier, qui se jugeait à bonne portée, jeta sa lance, pensant férir le valet par le corps. Mais Lionel se baisse pour éviter le coup, s'empare au passage de l'arme fichée en terre, et, tournant la tête de son destrier, il revient, bruyant comme la foudre, sur son assaillant qui se couvrait de son écu, lui perce l'épaule d'outre en outre, et lui crie en riant :

– Beau sire, si vous pensez que je vous ai navré à tort, ajournez-moi en la cour du roi Artus de Bretagne !

Là-dessus, comme le roussin arrivait, il le prend par la bride et s'éloigne à telle allure que les deux chevaliers démontés ne tardent pas à le perdre de vue.

XVI

Le lendemain, Lionel arriva sur la terre du duc Escan de Cambenic. En passant près du château de Loverzep, il rencontra des gens qui allaient assister à un combat de justice entre deux champions, et il y fut avec eux. Curieux de bien voir, il poussa ses chevaux au premier rang, non sans bousculer quelque peu les gens d'une demoiselle. L'un d'eux lui dit de reculer ; mais il était si attentif au spectacle qu'il n'entendit même pas. Alors un chevalier saisit son roussin par le frein et le tira en arrière si rudement qu'il pensa renverser l'animal.

– Beau sire, que voulez-vous ? demanda Lionel en le regardant.

– Pour un peu, je vous donnerais de ce bâton sur la tête ! Tu es un trop malfaisant gars !

Là-dessus, Lionel de tirer son épée. Mais la demoiselle lui crie qu'il s'adresse à un chevalier.

– Je ne le toucherai donc pas, dit le valet en rengainant son arme, puisque je ne suis qu'écuyer. Mais, par la sainte Croix, s'il l'était comme moi, il payerait cher ses propos ! Sire chevalier, ajouta-t-il, regardez donc la bataille à votre aise. Pour moi, je vois souvent un meilleur preux que ces deux-là.

– Beau frère, répliqua l'autre en riant, quel est donc ce preux que tu vois si souvent ?

– Ne vous en chaille ! Car il vaudrait moins si vous le connaissiez. Mais, s'il vous tenait en champ clos, croyez que pour en être hors vous donneriez toute la terre de Galehaut.

Sur ces mots, il s'éloigna.

Or, messire Gauvain, qui passait par là, s'était arrêté, lui aussi, à regarder la bataille ; et, quand il entendit Lionel parler de la terre de Galehaut, il lui vint à l'esprit que ce valet pouvait connaître Lancelot du Lac. Aussi le suivit-il de loin durant quelque temps ; puis il le joignit et lui dit :

– Valet, je sais bien à qui tu appartiens : c'est à Galehaut, que je connais aussi bien que toi.

– Sire, qui êtes vous ?

– Je suis Gauvain, le neveu du roi Artus.

– Sire, je ne suis point à Galehaut.

– Peut-être ; mais n'en as-tu point des nouvelles ?

– Sire, si j'en sais, je n'en dois pas dire ; ne m'en demandez pas davantage.

– Certes, je ne voudrais te pousser à la déloyauté. Mais ne peux-tu m'apprendre, au moins, s'il est en Sorelois ?

– Sire, s'il y était, vous n'iriez pas aisément vous-même : on ne pénètre dans ce pays-là que par deux ponts, défendus chacun par un chevalier. Voilà tout ce que je puis vous dire.

Et le valet prit congé.

Peu après il parvint à Logres, où la reine lui fit grande fête quand elle sut qu'il était cousin germain de Lancelot et neveu du roi Ban de Benoïc. Et, en même temps que lui, la nouvelle arriva que les Saines et les Irois étaient entrés en Écosse où ils gâtaient tout le pays. Sur-le-champ, le roi Artus envoya des messagers à ses barons afin qu'ils se rendissent dans la quinzaine aux plaines sous la Roche aux Saines. Alors la reine pria Lionel de dire à Lancelot qu'il s'y trouvât avec Galehaut, mais secrètement ; et, afin qu'elle pût reconnaître son ami, elle lui manda de porter à son heaume une manche de soie vermeille, qu'elle remit au valet pour lui, et de prendre un écu à bande blanche ; en outre, elle lui envoya en présent le fermail qu'elle avait au cou, sa ceinture, son aumônière et un riche peigne dont les dents étaient pleines de ses cheveux. Chargé de tout cela, Lionel se remit en route. Mais le conte ne dit plus rien de lui à présent, et retourne à parler de monseigneur Gauvain.

XVII

Le soir de ce même jour, il fut coucher avec ses écuyers chez l'hermite de la Ronde Montagne ; et, le lendemain, il vainquit un chevalier, nommé Belinan des Îles, qui gardait le pont Norgallois, et pénétra dans le Sorelois. Seuls avant lui, le roi Artus, le roi Ydier, Dodinel le Sauvage et Mélian du Lys avaient ainsi passé par force. On inscrivit son nom à la suite des leurs sur une table de pierre.

Le lendemain parut un chevalier qui semblait de grande défense et qui se mit en devoir de franchir le pont. Tout aussitôt, messire Gauvain s'adressa à lui. Les lances étaient fortes et les hauberts bien maillés, de manière que les arçons cassèrent, que les sangles rompirent et que les deux champions se portèrent à terre, sans que l'un eût ainsi l'occasion de railler l'autre ; mais ils n'y demeurèrent guère : ils firent briller leurs épées nues, et vous les eussiez alors regardés volontiers, tant leur prouesse était belle. En peu de temps, ils mirent en pièces leurs écus, leurs heaumes et leurs hauberts, et ruisselèrent de sang ; mais cela ne les rendait que plus orgueilleux l'un envers l'autre. Et la bataille dura jusqu'à none de la sorte ; alors ils se trouvèrent las au point que les épées leur tournaient dans la main et qu'il leur fallut se reposer.

Messire Gauvain s'écarta un peu et essuya sa bonne épée Escalibor, tandis que l'inconnu redressait son heaume, qui avait un peu tourné parce qu'un des lacets s'en était rompu ; puis tous deux se regardèrent.

– Sire, dit messire Gauvain, je vous prie par courtoisie de me dire votre nom, car je n'ai jamais trouvé un chevalier que je désire autant de connaître que vous.

– Sire, vous êtes si prud'homme que je vous l'apprendrai volontiers : on m'appelle Hector des Mares. S'il vous plaît, je vous prie de me faire connaître le vôtre.

– À nul homme jamais il ne fut celé : je suis Gauvain, le neveu du roi Artus.

À ces mots, Hector jette promptement son écu à terre et s'agenouille devant monseigneur Gauvain en le priant de lui pardonner. Mais l'autre le prit par la main et le mena à la tour du pont, et là il voulut à toute force que le nom d'Hector fût inscrit à la suite du sien sur la table de pierre. En vain le bon chevalier s'en défendit : messire Gauvain prétendit qu'il s'était avoué outré en s'arrêtant le premier.

Le lendemain, ils se mirent en chemin de compagnie pour l'Île perdue, où ils apprirent que Galehaut séjournait auprès de Lancelot. Et s'ils y eurent bel accueil, il ne faut pas le demander. Mais, au bout d'une semaine, le sire des Îles lointaines et son ami dirent qu'il leur fallait se rendre secrètement à l'armée que le roi Artus assemblait contre les Saines en Écosse.

– Que ferai-je ? demanda messire Gauvain. Car j'ai juré de n'entrer dans aucune des maisons de monseigneur le roi sans apporter des vraies nouvelles de Lancelot.

Galehaut lui répondit qu'il en serait quitte pour n'y point entrer devant que la guerre fût terminée : alors Lancelot se ferait reconnaître. À quoi messire Gauvain s'accorda volontiers, et les quatre chevaliers partirent sous des armes déguisées, avec Lionel.

XVIII

Sachez que le roi Artus assiégeait alors la Roche aux Saines, proche Arestuel, qui était un château si fort qu'on n'y redoutait d'autre péril que la famine. Il avait été bâti au temps que le roi Vortiger épousa la fille de Hangist le Saine, et il était alors tenu par Camille, la sœur du roi Hardogabran, qui savait plus d'enchantements que demoiselle du pays : grâce à quoi elle avait tant fait que le roi s'était épris de fol amour pour elle.

Le jour même que messire Gauvain arriva avec Hector, il n'eut pas de peine à découvrir ses dix-neuf compagnons de quête, qui étaient venus secrètement comme lui au secours de leur seigneur, car devant leurs tentes ils avaient placé leurs écus à l'envers, ainsi qu'il avait été convenu. Messire Gauvain leur dit comment il avait mené la quête à bien, et ils résolurent de combattre avec Lancelot, Galehaut et Hector, sans se faire connaître. Et, dès ce jour-là, les vingt-trois chargèrent ensemble et accomplirent tant de prouesses que chacun s'en ébahit.

La reine et ses demoiselles logeaient à quelque distance, derrière l'armée du roi, dans un village. En revenant de la bataille, Lancelot et Galehaut allèrent passer avec leurs gens devant cette maison. Et sachez que Lancelot portait à son heaume la manche vermeille que lui avait envoyée sa dame, et que son écu était peint d'une bande blanche, ainsi qu'elle l'avait ordonné. Lionel chevauchait à ses côtés, portant ses lances, armé d'un chapeau de fer et d'un haubergeon, comme un sergent.

– Reconnaissez-vous ce chevalier ? demanda la reine à la dame de Malehaut en les voyant venir.

Celle-ci se mit à rire. Et Lancelot leva les yeux, comme fit aussi Galehaut, et en apercevant sa dame à la fenêtre, peu s'en fallut qu'il ne tombât de son destrier.

La reine, cependant, se hâtait de descendre les degrés à leur rencontre. Le heaume de Lancelot était tout fendu et décerclé, ses bras rouges de sang jusqu'à l'épaule.

– Comment vous sentez-vous, beau doux ami ? demanda-t-elle. Et votre bras n'a-t-il point mal ? Je veux le voir.

Lancelot mit pied à terre et elle l'embrassa tout armé, tandis que la dame de Malehaut en faisait autant à Galehaut. Cependant, elle lui glissait dans l'oreille qu'elle le guérirait le soir même, s'il n'avait plaie mortelle ; et quand les deux compagnons partirent, elle garda Lionel pour lui donner ses instructions.

XIX

Pendant ce temps, Camille l'enchanteresse envoyait un messager au roi pour lui dire qu'elle était prête à se donner à lui, s'il se voulait rendre en un lieu qu'elle lui désigna, et elle lui mandait de n'emmener qu'un chevalier à cause des médisants. C'est ici qu'on voit comme amour affole les plus prud'hommes : car le roi fut au rendez-vous en compagnie du seul Gaheriet, son neveu, frère de Gauvain. Et, sitôt qu'il fut couché avec sa maîtresse, quarante Saines l'enlevèrent, ainsi que son compagnon.

Dans le même temps, Lancelot et Galehaut, prévenus par Lionel, sortaient tout doucement de leur tente et gagnaient le logis de la reine. À la porte du jardin, ils trouvèrent la dame de Malehaut qui les introduisit en grand secret ; et quand chacun d'eux fut dans une chambre avec son amie, il en fit ce qu'il lui plaisait et eut toutes les joies qu'un amant peut avoir. La reine se leva à la minuit et vint dans l'obscurité tâter l'écu que lui avait apporté la demoiselle du Lac ; elle n'y sentit plus de brisure : dont elle fut heureuse, car ainsi sut-elle qu'elle était la plus aimée des femmes.

Un peu avant le jour, les deux chevaliers revêtirent leurs armes dans la chambre de la reine. À son tour, la dame de Malehaut examina l'écu à la clarté des chandelles et lorsqu'elle vit que les deux parties en étaient rejointes, elle prit en riant Lancelot par le menton et lui dit :

– Sire chevalier, il ne vous manque plus que la couronne pour être roi !

De cela il eut grand'honte ; mais la reine vint à son secours.

– Dame, dit-elle, si je suis fille de roi, il en est fils aussi ; et si je suis gentille femme et belle, il est aussi noble et beau que moi, ou davantage.

Puis elle pria Lancelot de rester à la cour si le roi le lui demandait, pour ce qu'elle ne voyait plus maintenant comment elle se passerait de lui ; mais cela, elle le lui dit tout bas, de manière que Galehaut ne l'entendît, car il en eût été trop dolent. Enfin les quatre amants se séparèrent, après avoir pris rendez-vous pour la nuit suivante.

Or, au matin, toute l'armée put apercevoir les écus du roi Artus et de Gaheriet pendus aux créneaux de la Roche aux Saines. On en vint annoncer la nouvelle à la reine, qui était encore couchée et qui ne la voulut croire tout d'abord ; mais quand elle eut de ses yeux vu les deux écus, quel grand deuil elle mena ! Certes, elle attendit la nuit avec impatience pour prendre conseil de son ami.

Las ! Lancelot ne vint pas, car il fut pris le matin même par sortilège ; et Galehaut le fut aussi, et messire Gauvain, et Hector des Mares ; et voici comment : messire Gauvain avait appelé ses trois compagnons à parlement, et il leur demandait s'il leur était avis qu'il se fît connaître afin de réconforter les barons, troublés par la perte du roi, leur seigneur ; tous quatre se promenaient en délibérant par le bois, lorsqu'ils crurent voir une troupe de Saines qui mangeaient à l'ombre d'un chêne, et d'autre part un chevalier attaché sur un sommier qui se plaignait amèrement.

– Seigneurs, fit messire Gauvain, c'est Gaheriet !

– Je ne sais ce que vous ferez, dit Lancelot, mais je vais aller préparer les écuelles à ceux qui sont assis sous ce chêne.

– Moi, je leur verserai du vin dans leurs hanaps ! dit Galehaut.

– En nom Dieu, s'écria Hector, je leur étendrai leurs nappes sur l'herbe fraîche !

Aussitôt les quatres chevalier de s'élancer. Mais Camille l'enchanteresse avait fait surgir là un lac en lui donnant la semblance d'une prairie : de manière qu'ils y tombèrent par surprise et, lorsqu'ils en sortirent à demi étouffés par l'eau qu'ils avaient bue, plus de cent païens que Camille avait fait cacher alentour leur coururent sus, de manière qu'ils furent pris comme oies sur un toit et jetés dans les cachots du château. Et la reine et la dame de Malehaut attendirent vainement leurs amis toute la nuit : il ne faut demander si elles furent dolentes !

Le lendemain, qui était jour de bataille, quand ils virent que messire Gauvain ne reparaissait point, ses dix-neuf compagnons se réunirent afin d'aviser à ce qu'ils avaient à faire et il leur sembla qu'il convenait avant tout de conseiller la reine. Messire Yvain se rendit de leur part à son logis : il la fit appeler au bas des degrés, car il ne pouvait entrer dans aucune des maisons du roi avant que d'avoir achevé sa quête, et, après s'être fait reconnaître, il la réconforta de son mieux. Mais elle se jeta à ses pieds en pleurant et en le priant de veiller sur l'honneur du roi et sur le sien, et à la voir ainsi il se mit à pleurer lui-même, car nulle dame ne fut jamais autant aimée des hommes de son seigneur que la reine Guenièvre.

Ce jour donc, messire Yvain prit le commandement au lieu du roi Artus, et Keu le sénéchal porta la grande enseigne, comme c'était son droit. Et le roi Ydier parut sur un cheval bardé de fer, ce qui ne s'était encore jamais vu ; beaucoup de gens l'en jugèrent mal d'abord, qui plus tard agirent tout de même que lui. Il fit aussi porter à ses côtés une riche bannière à ses armes, de cordouan blanc à raies écarlates en drap d'Angleterre : jusqu'alors on ne les avait faites que de cuir ou de drap parce qu'ainsi elles étaient plus solides. Enfin il accomplit de si grands exploits sur son bon cheval, tout le jour, qu'au soir il était tout vermeil de son sang et de celui d'autrui. Et les Saines furent repoussés dans le château. Toutefois ceux de Bretagne ne purent rester sous la Roche en raison des flèches et des carreaux dont les défenseurs les criblaient, et il leur fallut reculer à distance.

XX

Lancelot, cependant, menait si grand deuil dans sa prison qu'on ne pouvait le décider à boire ni à manger : alors sa tête se vida, puis s'emplit de rage et de frénésie, et il se mit à battre et blesser ses compagnons, de sorte qu'on dut l'enfermer seul dans un autre cachot. Vainement Galehaut implora le geôlier, disant qu'il aimait cent fois mieux d'être tué par son ami que d'en être séparé ; l'homme, qui était mauvais, ne voulut point les réunir. Toutefois, il fut apprendre à la dame de la Roche qu'un des prisonniers était devenu fou. Elle ne connaissait que monseigneur Gauvain.

– Quel est-il ? demanda-t-elle.

– Dame, c'est un pauvre homme, sans doute ; ses compagnons assurent qu'il ne possède pas seulement un pouce de terre.

– Ce serait donc péché mortel que de ne pas le relâcher.

Et, à l'aube, le forcené fut mené hors du château par une fausse poterne. C'est ainsi qu'il se rua soudain au milieu de l'armée où il se mit à faire un furieux dégât. Il n'avait point d'arme, mais il renversait les tentes, attaquait les dormeurs à coups de poings, à coups de pierres, si bien que tout le monde fuyait devant lui ; et de la sorte il parvint auprès du logis de la reine. Ah ! quelle douleur elle sentit quand, de sa fenêtre, elle le vit en cet état ! Elle se pâma dans les bras de la dame de Malehaut.

– Dame, lui dit celle-ci quand elle fut revenue à elle, qui sait s'il ne fait pas le fol pour nous voir ?

La dame descend, s'approche de Lancelot et lui veut prendre la main, mais il ramasse une pierre et elle se sauve en criant. La reine, à son tour, s'écrie de frayeur, et au son de cette voix le forcené passe sa main sur ses yeux, comme interdit. Alors la reine sort, le saisit par le bras, l'emmène dans une chambre sans qu'il résiste. Elle avait envoyé chercher Lionel ; mais, dès qu'il aperçut le valet, Lancelot lui courut sus, car sa dame seule pouvait le calmer : sa frénésie le reprenait quand elle s'éloignait. Et ainsi durant neuf jours et neuf nuits !

Le dixième, les Saines firent une sortie.

– Ha, la fleur des chevaliers, s'écria la reine en pleurant, que n'êtes vous en votre bon sens ! Cette mortelle bataille serait menée à bien !

À ces mots, Lancelot saute sur une vieille lance qui était dans un coin et s'adresse à un pilier sur lequel il la brise ; puis il se met à courir dans la salle, heurtant les murs et les portes comme un furieux, avise enfin l'écu naguère fendu qu'avait envoyé la Dame du Lac, le passe à son cou, et, tout soudain, se pame de faiblesse, tandis que la reine s'évanouit de douleur.

À ce moment, on vit entrer une dame belle et de haute taille, vêtue de soie blanche comme neige neigée, qui s'avança vers le forcené et le prit par le poing.

– Beau Fils de Roi, commanda-t-elle, revenez à vous !

Sur-le-champ il se lève, comme honteux, et peu à peu il retrouve son droit sens, et se met à pleurer en reconnaissant celle qui l'avait élevé. Elle le fait étendre sur un lit, lui oint les poignets et les tempes d'un onguent qui l'endort.

— Dame, dit-elle à la reine, qu'on le laisse sommeiller tout son saoul. À son réveil, vous lui ferez prendre un bain parfumé de bonnes herbes, et quand il en sortira, il sera guéri. Mais gardez qu'il porte en bataille un autre écu que celui-ci, tant qu'il pourra durer.

— Dame, ne me direz-vous pas qui vous êtes ?

— Je suis la Dame du Lac.

Quand elle entendit ce nom, la reine sentit l'eau du cœur lui monter aux yeux. Elle courut à la Dame, lui mit les bras au col.

— Soyez la bien venue, belle douce amie, vous que je chéris et que j'honore le plus au monde !

— Dame, dame, aimez sur toute chose celui pour qui rien ne vaut que vous. C'est grande folie que de pécher, et certes il y a folie en vos amours, mais vous pouvez vous flatter que nulle autre jamais n'eut le pouvoir que vous avez : car vous êtes la compagne du plus prud'homme et la dame du meilleur chevalier du monde ; et en gagnant Lancelot, vous m'avez gagnée aussi. Pourtant il me faut partir, car la plus grande force qui soit m'entraîne : et c'est la force d'amour. Mon ami ne sait à cette heure où je suis, et je ne veux lui faire peine : peut-on, quand on aime, avoir une autre joie que celle de ce qu'on aime ?

Quelque temps elles causèrent de la sorte, mais la reine pria vainement la Dame du Lac de demeurer ; quand vêpre approcha, celle-ci embrassa la reine et la recommanda à Dieu ; puis elle s'éloigna, montée sur son blanc palefroi.

XXI

Lancelot guéri, il n'est joie que l'amour puisse donner dont il n'eut sa part ; le conte n'en dit pas plus là-dessus. Et quand fut le neuvième jour, il était redevenu aussi beau que jamais. Souvent il demandait à la reine qu'elle lui permît d'aller jouter ; mais elle répondait qu'il n'était pas encore assez bien guéri. Enfin, un matin que l'on criait par toute l'armée : « Or, tôt aux armes, seigneurs barons ! On verra qui preux sera ! », elle le vit si dolent et si triste, qu'elle commanda en soupirant d'apporter les meilleures armes qu'on pourrait trouver. Et elle voulut lacer elle-même le heaume de son ami, mais auparavant elle le baisa tendrement, en le recommandant à Celui qui fut mis en croix.

La mêlée était déjà commencée quand Lancelot parut. Lionel portait à côté de lui le pennon de la reine, qui était d'azur à trois couronnes d'or et une seule aigle.

– Seigneurs, cria messire Yvain en les voyant venir, voici le pennon de madame !

Tel un lion qui saute entre les biches, non pour grande faim qu'il ait, mais pour montrer sa force et sa vitesse : tel Lancelot entre les Saines ; il ne semblait pas un homme, mais la vengeance de Dieu. Messire Yvain et tous les autres éperonnaient derrière lui. « C'est folie que d'attendre un tel chevalier », pensèrent les païens lorsqu'ils virent les merveilles qu'il faisait ; et, en s'enfuyant vers le château, ils se pressèrent tant sur la chaussée qu'il s'en noya bien vingt dans les fossés. Lancelot, suivi des gens du roi Artus, pénétra dans la forteresse mêlé aux fuyards, et tout d'abord il courut à la chambre de Camille. Elle était couchée auprès de son ami, Gadrasolain : il hausse l'épée, fend au valet la tête jusqu'aux épaules ; puis il saisit la dame par ses tresses :

– Rendez les prisonniers ou je vous trancherai le cou !

Alors elle le conduisit aux cachots. Quelle joie eut Galehaut lorsqu'il retrouva son ami !

– Sire, dit au roi messire Gauvain, voyez Lancelot du Lac que nous avons tant cherché !

Oyant cela, le roi tomba à genoux, disant qu'il mettait en la merci de Lancelot sa personne, son honneur et toute sa terre. Mais, quand le bon chevalier le vit s'humilier ainsi, il se mit à pleurer et se hâta de le relever. À ce moment, la reine entrait : elle alla droit à Lancelot, lui jeta les bras au cou et le baisa devant tous.

– Sire chevalier, dit-elle, je ne sais qui vous êtes, à mon grand regret. Mais, pour l'honneur de monseigneur et le mien que vous avez sauvé aujourd'hui, je vous offre mon affection comme loyale dame la peut donner à loyal chevalier.

– Dame, dit le roi, sachez que ce chevalier est Lancelot du Lac, fils du roi Ban de Benoïc.

Et la reine feignit d'être fort étonnée et se signa plusieurs fois.

Pendant ce temps, Keu le sénéchal visitait le château. Dans un souterrain, il trouva une demoiselle enchaînée, qui lui apprit qu'elle était ainsi enfermée depuis trois ans parce que Gadrasolain l'avait jadis aimée.

– Camille s'est-elle échappée ? demanda-t-elle. Si elle emporte ses livres et ses boites, vous êtes perdus, car elle peut faire jaillir un lac où vous disparaîtrez tous avec le château.

– Et où sont-ils ? demanda Keu.

La demoiselle le mena à un coffre qu'il prit et jeta au feu. Et lorsque l'enchanteresse sut que ses livres étaient en cendres, elle en eut une telle douleur qu'elle se précipita du haut des murs. Dont le roi fut très chagrin, car il l'aimait encore.

Les tables mises, tous s'assirent. Et après qu'ils eurent mangé, le roi s'approcha de Galehaut et le pria de permettre que Lancelot fût désormais de sa maison et de la Table ronde.

– Ha, sire, s'écria Galehaut, je ne saurais vivre sans lui : voulez-vous ma mort ?

Mais la reine, sur l'ordre du roi, se mit à genoux pour le prier de consentir, et à la voir ainsi, le cœur de Lancelot se serra tant qu'il ne put se tenir de crier :

– Dame, je resterai auprès de monseigneur !

– Puisqu'il en est ainsi, je vous l'octroie, reprit tristement Galehaut.

Le roi le remercia, et il le pria de devenir lui-même, non son chevalier, mais son compagnon et son ami. Puis il retint également Hector. Ainsi Lancelot du Lac, Galehaut et Hector s'assirent à la Table ronde. Et les grands clercs furent mandés pour mettre en écrit, tout ce qui s'était fait d'armes depuis l'assemblée de Galore ; au reste, c'est par eux que nous connaissons le conte de Lancelot, qui est une branche du Graal.

XXII

Le conte dit maintenant que, peu après, Galehaut dut s'en aller pour régler les affaires de sa terre. « Bien folle est celle qui aime d'amour un si haut et riche homme, pensa la dame de Malehaut, car jamais elle ne fait de lui à sa volonté ! » Lancelot eût préféré de rester auprès de la reine, mais il accompagna son ami qu'il aimait plus qu'homme au monde. Et

Galehaut lui-même était dolent de quitter la dame de Malehaut ; mais il le cachait du mieux possible ; et d'ailleurs il se disait que, s'il plaisait à Dieu, il reviendrait sous peu.

Le soir, ils couchèrent dans une maison de religion où Galehaut eut un mauvais songe. Il le conta à son compagnon, tout en cheminant, le lendemain.

– Il me semblait voir deux lions, dont l'un portait couronne, qui se livraient la plus fière et orgueilleuse bataille qu'on puisse imaginer ; et tandis qu'ils combattaient ainsi, un grand léopard survint, qui se mit à les regarder. Au bout d'un moment, le couronné eut le dessous, car l'autre était de trop grand pouvoir ; aussitôt le léopard alla le protéger et le sans-couronne n'osa plus l'attaquer. Et quand le couronné eut repris son souffle, le léopard se retira et la mêlée des deux lions recommença. Et à nouveau le couronné fut déconfit, le léopard intervint et le sans-couronne se tint coi. Puis, quand le léopard s'approcha de lui, il vint à sa rencontre à grande joie. Alors le léopard fit la paix des deux lions ; après quoi il s'en fut avec le sans-couronne ; mais enfin il le quitta : dont celui-ci demeura si triste qu'il en prit la mort. Si par clergie on peut connaître le sens de ce rêve, je m'en enquerrai.

– Beau très doux ami, dit Lancelot, vous êtes trop sage homme pour croire aux songes.

À ce moment, les deux compagnons arrivaient en vue d'un fort château que Galehaut avait fait nouvellement construire et qu'il avait lui-même nommé l'Orgueilleuse Emprise, tant il était fier et beau. Et, tout autour de la roche sur laquelle il était assis, coulait une eau large et profonde, fréquentée par beaucoup d'oiseaux de marais et où l'on prenait autant de saumons qu'on voulait ; puis la forêt s'étendait non loin, abondante en bêtes rousses et commode pour la chasse : si bien que c'était là le plus agréable séjour.

– Beau compagnon, dit Galehaut, si vous saviez à quel dessein j'entrepris de bâtir ce fort château, vous me croiriez fol. J'y fis faire trente créneaux à la maîtresse tour parce que je comptais conquérir autant de royaumes. J'en eusse fait venir les trente rois ici, et j'eusse tenu une cour grande et magnifique comme il appartenait à ma hautesse. Et, au sommet de chaque créneau, j'eusse fait placer, sur un candélabre d'argent de la taille d'un homme, la couronne du roi conquis ; et la mienne au-dessus de toutes, au faîte de la tour. Puis, la nuit, on eût planté sur les candélabres des cierges assez gros pour qu'aucun vent ne les pût éteindre, et le mien eût brillé sur tous les autres. Depuis que le château a été achevé, pour triste que j'y sois entré, jamais je n'en suis sorti que joyeux ; c'est pourquoi je m'y rends à présent, car j'ai grand besoin de réconfort.

« Sire Dieu, pensait Lancelot en l'écoutant, comme il me devrait haïr, qui l'ai empêché de faire tout cela ! » Et les larmes lui coulaient des yeux sous son heaume ; mais il prenait garde que Galehaut ne s'en aperçût.

Cependant, ils arrivaient à un trait d'arc des fossés. Alors advint une merveilleuse aventure : car les murs soudain tremblèrent et ondulèrent comme une étoffe sous le vent ; puis ils s'écroulèrent et toute la forteresse s'effondra.

Galehaut demeura tout d'abord si étonné qu'il ne put que se signer sans sonner mot. Mais, comme Lancelot se peinait fort à le consoler, il sourit et lui dit :

– Comment, beau doux ami, croyez-vous que ce soit la chute de mon château qui m'angoisse de la sorte ? Jamais personne ne me verra navré d'aucune perte que j'aie faite de bien ou d'avoir. Ce qui m'émeut, c'est que mon cœur m'annonce de grands maux à venir, et lequel pourrait être plus grand que celui de vous perdre ? Je souhaite que Dieu ne me laisse pas vivre un seul jour après vous, et si madame la reine avait aussi bon vouloir envers moi que j'ai envers elle, elle ne vous arracherait pas à moi.

Mais j'ai bien vu qu'elle ne s'en peut empêcher. Sachez pourtant que, lorsque je perdrai votre compagnie, le siècle perdra la mienne.

Tout en causant ainsi, ils parvinrent au bourg qui était sous la forteresse, où les écuyers de Galehaut avaient fait apprêter son logis, et les habitants s'émerveillèrent de voir leur seigneur si peu escorté, car il avait accoutumé d'avoir toujours une grande suite de chevaliers. De là, il envoya des messagers convoquer ses barons à Sorehaut, qui était la maîtresse cité du Sorelois, quinze jours avant la Noël. Puis il fit écrire une lettre au roi Artus, où il le priait comme son seigneur et son bon ami de lui envoyer les plus sages clercs qu'il pourrait trouver, car il en avait très grand besoin pour déchiffrer son rêve, et, appelant Lionel, il le chargea de la porter.

Le lendemain, les deux compagnons se remirent en chemin et ils allèrent tant que, le jour suivant, ils parvinrent à dix lieues d'Allentive. Et là Galehaut vit venir à sa rencontre son sénéchal, qui était loyal et preux et son parent éloigné. Il courut l'embrasser ; mais l'autre faisait bien triste mine.

– Ai-je donc perdu quelqu'un de mes compagnons ? demanda Galehaut.

– Nenni, sire, Dieu merci ! Mais dans le royaume de Sorelois il ne reste plus une forteresse : toutes, elles se sont écroulées le même jour.

Alors Galehaut hocha la tête en souriant.

– Ami, jusqu'ici je vous avais tenu pour sage. Comment avez-vous pu penser qu'aucune perte m'attristât, si ce n'est celle d'un ami ?

Mais le conte se tait maintenant de lui et de Lancelot, voulant reprendre le propos du roi Artus qu'il a laissé depuis longtemps.

XXIII

Quand Lionel fut parti pour faire son message, il chevaucha tant sur son roussin qu'il parvint en la cité de Camaaloth, où le roi reçut ses lettres et lui fit très bonne chère, en le priant de séjourner jusqu'à l'arrivée des clercs que lui demandait Galehaut et qu'il avait envoyé quérir.

Or, un jour que le roi était assis à son haut manger, entouré de ses barons, une demoiselle descendit devant le palais, accompagnée d'un chevalier tout vieux et tout chenu. En entrant dans la salle, elle laissa tomber son voile, et l'on vit une pucelle d'une grande beauté, richement vêtue de drap de soie, dont les cheveux étaient réunis en une seule tresse longue, épaisse, claire et luisante.

– Dieu sauve le roi et toute sa compagnie ! dit-elle.

– Demoiselle, répondit le roi, Dieu vous donne bonne aventure !

Là-dessus, le vieux chevalier, qui était entré avec la pucelle, remit à celle-ci une boîte d'or et de pierres précieuses, et elle en tira une lettre qu'elle offrit au roi.

– Sire, avant que de faire lire ces lettres, réunissez céans toute votre maison jusqu'aux dames et demoiselles, car sachez qu'il y est question d'une haute et grande affaire : il convient que tout le monde les entende.

Le roi envoya donc quérir la reine Guenièvre avec ses dames et tous les prêtres, chevaliers et sergents de sa maison ; puis, devant eux, il reçut la lettre et la bailla à celui de ses clercs qu'il savait le mieux disant et de meilleur sens. Mais, dès qu'il y eut jeté les yeux, le clerc regarda la reine qui était appuyée sur l'épaule de monseigneur Gauvain assis à ses pieds, et il se prit à pleurer si fort qu'il n'eût su prononcer un seul mot, lui eût-on dû couper la tete. Le roi, ébahi, appela un autre clerc qui prit la lettre à son tour ; mais il la rejeta bientôt dans le giron de son seigneur et s'en alla, faisant le plus grand deuil du monde. Alors, le roi envoya quérir son chapelain, et, tout troublé, le conjura sur la messe qu'il avait chantée de lui lire tout ce qui se trouvait écrit, sans en rien celer. Et le chapelain, après avoir parcouru la lettre, soupira et dit :

– Hélas ! sire, il me faudra prononcer des mots qui mettront toute cette cour en tristesse !

Puis il lut ce qui suit :

La reine Guenièvre, la fille du roi Léodagan de Carmélide, salue le roi Artus ainsi qu'elle doit, et toute sa compagnie, barons et chevaliers.

Roi, je me plains de toi premièrement, car il ne convient pas à un roi de tenir une femme en concubinage comme tu fais. C'est vérité prouvée que je fus unie à toi par loyal mariage. Mais, soit par ta volonté ou par le conseil d'autrui, l'on mit en ma place celle qui était ma servante et me serve. Cette traîtresse Guenièvre, que tu tiens pour ton épouse, m'a jetée hors de mon royaume et déshéritée. Mais Dieu qui jamais n'oublie ceux qui s'abandonnent à sa merci m'a délivrée de ses mains. Je requiers que de cette déloyauté soit prise vengeance par le jugement de ta cour, et que tu amendes tes forfaits passés. Et parce que je ne puis écrire tout ce que je te veux mander, je t'envoie mon cœur et ma langue : c'est la pucelle qui t'apporte ces lettres. Je veux que tu croies ce qu'elle te dira de par moi. Quant à celui qui l'accompagne, c'est le plus loyal des chevaliers qui sont aux îles de la mer.

Le chapelain se tut et tout le monde demeura interdit. Le roi, après un long silence, regarda la pucelle :

– Demoiselle, dit-il, vous pouvez parler, puisque vous portez le cœur et la langue de votre dame. Et je voudrais savoir quel est ce chevalier, qui est le plus loyal de tous ceux des îles de la mer.

La demoiselle prit son vieux compagnon par la main et le mena devant le roi. Il était ridé et chenu, et semblait de très grand âge. Son visage était pâle et plein de cicatrices, et la peau de sa gorge pendante. Mais il avait les épaules larges et fournies, il était haut et puissant, et il se tenait comme un jeune homme.

– Sire, dit la demoiselle, quand vous vîntes en Carmélide servir comme soudoyer le roi Léodagan avec toute votre compagnie, messire le roi vous donna sa fille, la plus vaillante dame qui soit. Mais, au matin de votre nuit de noces, lorsque vous vous fûtes levé, madame fut trahie et déçue par celle en qui elle se fiait le plus, car elle fut ravie, et cette demoiselle-ci, qui se fait appeler Guenièvre, fut couchée dans le lit à la place de madame ; et vous ne vous aperçûtes de rien, tant était merveilleuse la ressemblance entre elles deux. On enferma madame dans une prison et cette demoiselle-ci croyait bien qu'elle avait été tuée. Mais madame fut sauvée par la volonté de Dieu et grâce à ce chevalier qui la délivra par ruse et engin. Maintenant elle est revenue au royaume de Carmélide, dont les barons l'ont reconnue et lui ont rendu sa terre. Et elle demande que vous lui teniez vos serments et que vous la repreniez comme votre loyale épouse, faisant justice de celle qui la mit en péril de mort. Et si vous, ou tout autre, vouliez prétendre que madame n'a pas été trahie, je suis prête à prouver le contraire, en votre cour ou ailleurs, par un chevalier loyal et preux.

Quand la demoiselle eut ainsi parlé, toute la cour demeura saisie de stupeur et le roi se signa plusieurs fois coup sur coup.

– Dame, dit-il à la reine, levez-vous et disculpez-vous de ces choses dont on vous accuse. Dieu m'aide ! si vous étiez telle que dit cette demoiselle, vous que l'on tenait pour la plus vaillante dame du monde, vous en seriez la plus déloyale et la plus fausse !

La reine se mit debout, et elle n'avait pas la mine d'une femme intimidée. En même temps qu'elle se levèrent ducs et comtes ; mais messire Gauvain l'accompagna jusque devant le roi et prit la parole pour elle.

– Demoiselle, dit-il à la pucelle, nous voulons savoir si c'est de madame la reine que vous avez parlé comme vous avez fait.

– Je n'ai point, parlé d'une reine, mais de cette fausse Guenièvre que voici, qui commit la trahison.

– En nom Dieu, madame est bien pure de trahison ! Pour un peu, vous me feriez oublier la courtoisie à laquelle je n'ai jamais manqué envers une dame, et je vous dirais que vous avez énoncé les plus grandes folies que femme ait inventées. Et quand même tous ceux de votre pays l'auraient juré, cela ne rendrait pas plus vrai ce que vous dites. Sire, ajouta-t-il, voyez-moi tout prêt à défendre madame la reine contre le corps de n'importe quel chevalier et à jurer qu'elle est votre compagne épousée en loyal mariage.

– Sire chevalier, répondit la demoiselle, il serait bien raison que je connusse votre nom.

– Il n'a jamais été caché par crainte d'autrui : on m'appelle Gauvain.

La demoiselle sourit.

– Messire Gauvain, je suis plus aise maintenant qu'avant de savoir votre nom, car je vous connais si prud'homme et si loyal que vous n'attesteriez point par serment de telles paroles, fût-ce pour le royaume de Logres. Toutefois, si vous osez risquer la bataille, vous l'aurez. Bertolai, dit-elle au vieux chevalier, êtes-vous prêt à soutenir le droit contre monseigneur Gauvain ou tout autre ?

Le vieillard s'agenouilla devant le roi et offrit son gage. Mais, en le voyant si âgé, messire Gauvain se détourna dédaigneusement, et Dodinel le sauvage s'écria :

– Amenez de votre pays le meilleur champion que vous trouverez, demoiselle, et messire Gauvain le combattra ; ou même amenez trois chevaliers de votre terre, et, aidé de moi seul, qui suis le pire des compagnons de la Table ronde, il les combattra encore. Mais voulez-vous qu'il joute contre un homme de cet âge, qui a la mort entre les dents ? Honni soit qui le ferait !

– Sire chevalier, repartit la demoiselle, j'ai amené celui-ci parce qu'il est le meilleur de notre pays. Si vous avez si grande pitié de monseigneur Gauvain, vous entreprendrez vous-même la bataille.

– Sire Dieu ! autant combattre un mort !

Et Dodinel cracha à terre de mépris ; puis se tournant vers le roi :

– Sire, il faudrait l'opposer à Do de Carduel qui n'est pas trop jeune : il était déjà renommé avant que votre père fût encore chevalier !

Tous se mirent à rire. Mais le roi releva Bertolai par la main.

– Demoiselle, dit-il, je ne veux pas décider d'une si haute chose sans conseil et sans assembler mon baronnage. Dites à votre dame que je l'ajourne à la Chandeleur et qu'elle vienne à Bedingran, dans la marche d'Irlande et de Carmélide, ce jour-là, car j'entends que la chose soit jugée par mes barons et ceux de Carmélide ensemble. Mais qu'elle garde d'avancer rien qu'elle ne puisse prouver, car, par ce Dieu de qui je tiens mon sceptre, celle des deux qui sera reconnue coupable, j'en tirerai une vengeance dont il sera parlé à toujours ! Et vous, dame, fit-il à la reine, soyez ce jour-là prête à vous défendre.

– Sire, j'attends le jugement de votre cour. Dieu m'y donne d'honneur pour autant que je suis innocente !

XXIV

Lionel partit le lendemain, accompagné des cinq plus sages clercs du royaume de Logres, et ils chevauchèrent tant qu'ils arrivèrent en Sorelois. Quand Galehaut apprit ce qui s'était passé à la cour du roi Artus, il songea d'abord à la douleur qu'éprouverait Lancelot s'il le savait : aussi défendit-il à tous ceux qui étaient près de lui d'en rien dire. Néanmoins il ne fut guère que Lancelot ne s'en trouvât instruit. Ah ! quel chagrin quand il connut que sa dame était accusée !

– Beau doux ami, lui dit Galehaut, je ne vous en osais parler. Mais ce qui advient est peut-être ce qui peut arriver de mieux à deux amants, et, s'il vous plaît, je vous donnerai un conseil. Écoutez : si le roi Artus la répudie (Dieu l'en garde !), je donnerai à madame la reine le meilleur royaume qui soit en toute la Bretagne bleue : c'est celui où nous sommes. Qu'elle vienne et qu'elle en soit dame dorénavant ! Et vous pourrez l'aimer sans péché et sans vilenie après l'avoir épousée par loyal mariage. Si son cœur est aussi vrai qu'il semble, elle aimera mieux être dame d'un petit royaume avec vous, que reine de tout l'univers sans votre compagnie.

– Ha, sire, c'est là ce que je souhaiterais le plus au monde ! Mais le roi a juré qu'il la ferait périr si elle était convaincue de ce crime. Non, elle ne mourra pas, s'il plaît à Dieu et à vous, en la garde de qui je me suis mis après celle de Notre Seigneur ! Je vous supplie de m'aider au nom de Dieu et du grand amour que vous avez pour moi, et qui vous a coûté déjà de perdre en un seul jour l'espoir de conquérir trente royaumes !

Là-dessus, Lancelot se prit à pleurer si fort que la parole lui manqua et, joignant les mains, il tomba aux genoux de son ami. Mais celui-ci l'embrassa et tous deux, menant grand deuil, s'assirent côte à côte. Et

Galehaut, qui était plus sage et plus maître de lui, se reprit le premier et commença de réconforter Lancelot, disant :

– Beau doux ami, consolez-vous : il n'est rien que vous voudrez commander que je n'accomplisse par force ou par ruse, dussé-je perdre toute ma terre et tous mes amis. C'est vrai : j'ai fait pour vous maintes choses, qui me seront comptées plutôt à folie qu'à sagesse ; mais c'est qu'à tous les biens de ce monde, je préfère votre compagnie et votre amour : si je vous perdais, je serais mort sans retour. Quand vous serez auprès de madame la reine, faites qu'elle accepte ce que je viens de dire : ainsi nous pourrons vivre ensemble à toujours. Et sachez que, moi qui n'ai jamais commis félonie ni trahison, j'avais dessein d'aller, avec cent chevaliers armés sous leurs robes, surprendre le roi Artus la première fois qu'il viendrait en cette marche et enlever madame la reine pour l'amener ici, près de vous. Mais c'eût été trahison trop laide. Et si madame se fût courroucée, vous en eussiez perdu le sens ou vous en seriez mort.

– Sire, dit Lancelot, vous m'eussiez tué : n'entreprenez rien de tel sans mon conseil, car si elle s'en irritait, jamais plus je ne connaîtrais la joie.

XXV

Les deux amis causèrent longtemps ainsi ; puis Galehaut manda les clercs que le roi Artus lui avait envoyés et les réunit dans sa chapelle, en présence du seul Lancelot. Là, il leur fit jurer sur les saints de ne rien lui cacher de ce qu'ils pourraient découvrir par clergie de la signifiance de son rêve, que ce fût pour sa douleur ou pour sa joie ; après quoi il leur conta sa vision, dont ils furent très ébahis.

– Sire, dit le plus sage, qu'on appelait maître Hélie de Toulouse, il faut grand loisir pour mener à bien une si haute chose, car il n'est philosophe dans le siècle qui n'y aurait beaucoup à étudier. Donnez-nous un répit de neuf jours.

Galehaut consentit. Mais, quand le dixième jour fut venu, il les réunit à nouveau. Le premier d'entre eux, qui avait nom Boniface de Rome, dit qu'il avait fait une conjuration au moyen de quoi il avait découvert quel était le lion couronné.

– C'est le roi Artus, et le lion sans couronne, c'est vous-même ; mais je n'ai pu apprendre ce que signifie le léopard ; j'ai vu seulement que vous l'emmeniez en votre compagnie.

Le second clerc, maître Hélias de Hardole en Hongrie, confirma ce que son compagnon avait découvert ; puis il pria Galehaut de permettre qu'il n'en dît pas davantage.

– Beau maître, ce ne peut être ; parlez, ou je vous tiendrai pour parjure et foi-mentie.

– Sire, sachez donc qu'un jour le léopard partira et que le lion sans couronne en demeurera si désespéré qu'il prendra la mort.

À ces mots, Galehaut demeura longtemps pensif et silencieux. Enfin il invita le troisième clerc à parler. Celui-là était né au royaume de Logres, dans un château nommé Ludevoit, qui était à six lieues du gué des Bois, où Merlin disait que toute sagesse un jour descendrait ; on l'appelait Pétroine, et c'est lui qui mit les prophéties de Merlin en écrit.

– Sire, le léopard signifie celui qui fit la paix de monseigneur le roi Artus et de vous. Et c'est le fils du roi qui mourut de deuil et de la reine aux grandes douleurs.

Le quatrième clerc, qui était de Cologne la bonne cité, prononça à son tour :

– Sire, maître Pétroine a bien dit ; mais j'ai vu quelque chose de plus.

J'ai trouvé qu'il vous faudra franchir une rivière grande et profonde sur un pont de quarante-cinq planches, et que vous tomberez à l'eau, et que vous irez au fond sans revenir. Quarante-cinq, c'est le terme de votre vie ; mais je ne puis vous dire si chaque planche signifie un an, un mois, une semaine ou un jour.

À entendre cela, Lancelot eut grand deuil et Galehaut sentit l'angoisse en son cœur. Alors maître Hélie de Toulouse le requit de faire sortir le chevalier son ami et les clercs.

– Sire, dit-il, vous êtes un des plus sages princes de ce monde ; mais gardez toujours de rien prononcer devant celui ou celle que vous aimez, qui puisse mettre son cœur en malaise. Je vous dis cela pour ce chevalier qui d'ici s'en est allé, car je sais bien que vous l'aimez du plus haut amour qui se puisse entre deux compagnons loyaux. Et le léopard de votre songe, c'est lui.

– Mais, beau maître, le lion n'est-il pas une plus fière bête que le léopard, et de plus grande seigneurie ? Le meilleur des chevaliers devrait avoir semblance de lion.

– Sire, il y aura un jour un chevalier meilleur que Lancelot : Merlin l'a prédit dans ses prophéties. Celui-là achèvera les aventures de Bretagne et s'assoira au siège périlleux de la Table ronde, où nul ne prit place sans mourir. Et il sera vierge, car il le faut être pour accomplir l'aventure du saint Graal : le fils du roi qui mourut de deuil et de la reine aux grandes douleurs ne l'est point. Et sachez que, si madame la reine est présentement accusée de vilenie, c'est en punition du péché qu'elle a commis avec lui, et de sa déloyauté envers le plus prud'homme du monde, qu'elle honnit. Mais, quant aux quarante-cinq planches, ne vous en mettez pas en peine : il n'est point d'homme, en effet, qui eût la moindre joie au cœur s'il connaissait le terme de sa vie, car il n'y a rien d'aussi épouvantable que la mort.

– Beau maître, il vous faut tenir votre serment. S'il plaît à Dieu, pour grande qu'en soit la douleur de mon corps, mon âme sera heureuse de savoir quand je dois mourir, car je tâcherai de bien faire, et je m'en hâterai davantage que si j'avais à vivre tout un grand âge. Il serait temps que je me repentisse de mes péchés.

– Sire, nous trouvons en un livre que l'on appelle la Vie des Pères qu'en la terre de Toscane, il y avait jadis une dame de très grande richesse qui avait longtemps mené folle vie. Non loin d'elle, au milieu d'une forêt, vivait un saint homme hermite. Elle fut le voir, et par ses bonnes paroles il l'amenda beaucoup. Une fois, pourtant, il lui révéla qu'elle n'avait plus que trente jours à vivre, et l'avertit de s'efforcer à bien faire jusque-là. Mais, à cette nouvelle, la dame sentit trembler sa chair et son cœur frémir, et elle désespéra, si bien que les diables se mirent en elle et qu'elle oublia le salut de son âme à cause de la peur de son corps. Pourtant, l'hermite cria merci à Notre Seigneur pour elle, et Dieu l'entendit : dans la chapelle une voix annonça au prud'homme que le don qu'il demandait lui était accordé. Il vint au lieu où la dame était, et elle pleura, lorsqu'il entra, tant les diables la tourmentèrent à ce moment. Mais, sitôt que le prud'homme eut fait de sa main le signe de la vraie croix sur elle, ils sortirent de son corps en criant, brayant et hurlant si fort que toute la terre en tremblait. Elle abandonna le siècle, coupa ses tresses, prit une robe de religion, et vécut jusqu'à sa mort sur un haut tertre, entre deux roches, en compagnie d'une seule pucelle. Et à cela vous pouvez voir que c'est un vil péché que de désespérer, car c'est du jour où elle le fit que le Saint-Esprit l'abandonna et que les diables entrèrent en elle. De même saint Pierre s'enfonça dans la mer, sitôt qu'il eut peur. Ainsi en advient-il des gens qui veulent savoir le jour de leur mort : de la terreur de la chair peut naître le désespoir. Mon conseil est que vous laissiez de chercher cette folie et que vous vous peiniez à faire le bien comme si vous n'aviez à vivre que trente jours.

Mais Galehaut insista si fort que maître Hélie dut consentir, en pleurant, à tenir son serment.

Sur-le-champ, il fit apporter des charbons éteints et il traça sur le mur de la chapelle quarante-cinq roues pour signifier les années ; puis quarante-cinq roues plus petites : et c'était la signifiance des mois ; puis quarante-cinq roues plus menues encore : et c'était la signifiance des semaines ; puis quarante-cinq roues minimes : et c'était la signifiance des jours. Cela fait, il recommanda à Galehaut de ne s'ébahir de rien ; puis il fut prendre sur l'autel la croix d'or et de pierres précieuses qu'il garda entre ses mains, et la boîte contenant le Corpus Domini qu'il bailla à Galehaut ; enfin il tira de sa poche un livret où il se mit à lire jusqu'à ce que son visage rougît et que la sueur lui coulât sur la face. Au bout d'un moment, il s'arrêta et gémit ; puis il reprit sa lecture en tremblant de tous ses membres. Alors une obscurité se répandit et une voix se fit entendre, si hideuse et si épouvantable qu'elle résonna dans toute la cité de Sorehaut et que Galehaut terrifié s'accroupit en se cachant les yeux de sa boîte, tandis que maître Hélie tombait sur le dos, la croix sur sa poitrine. Puis l'obscurité se dissipa, mais la terre se mit à trembler, et un bras long à merveille sortit du mur, vêtu jusqu'au coude d'une manche de samit jaune, et du coude jusqu'au poing de soie blanche. La main, vermeille comme charbon embrasé, tenait une épée rouge de sang, dont elle voulut férir maître Hélie qui lui opposa la croix, puis Galehaut qui mit la boîte à l'encontre : alors l'épée fit des moulinets autour d'eux ; enfin elle alla frapper le mur, trancha quarante-deux des grandes roues, et autant dans chaque rangée des autres ; après quoi elle disparut par où elle était entrée.

– Ha, maître, dit Galehaut, vous m'avez bien tenu votre promesse, et je sais maintenant que j'ai encore à vivre trois ans, trois mois, trois semaines et trois jours !

– Sire, vous pourrez bien dépasser ce terme avec l'aide de Lancelot : car vous ne mourrez que parce que votre compagnon vous laissera. Toutefois vous ne devez découvrir à personne le secret du tout en tout.

Ils sortirent de la chapelle, et Galehaut se prit à songer que c'était plutôt de la reine que dépendait son sort, car sans doute c'était elle qui lui ferait perdre la compagnie de son ami. Toutefois, comme il trouva Lancelot les yeux rouges des larmes d'angoisse qu'il avait versées, il lui fit très joyeux visage.

– Beau compagnon, lui dit-il, n'ayez point de chagrin, car je suis tout aise de ce que j'ai appris : c'est que les quarante-cinq planches signifient les années que j'ai encore à vivre ; et maître Hélie m'a révélé que de vous ne me viendrait nul chagrin.

XXVI

Peu après, les barons que Galehaut avait mandés à Sorehaut commencèrent d'arriver, et quand le jour fixé fut venu, Galehaut prit Lancelot à part et lui offrit de partir avec lui pour reconquérir le royaume de Benoïc et venger sur le roi Claudas de la Terre déserte la mort de son père et la grande douleur de sa mère.

– Sire, répondit Lancelot, je ne puis rendre hommage à personne, non pas même au roi Artus : madame la reine m'en a fait grande défense. Et, à cause de cela, je ne me peinerai guère à conquérir mon héritage, car il me faudrait le tenir de lui.

– Ha, je connais bien votre cœur ! Vous aimeriez mieux renoncer à la seigneurie du monde que vivre loin de madame ! Mais jamais je ne porterai couronne de roi que vous n'en ayez une.

Là-dessus, ils allèrent dans la salle où on leur fit grande joie ; et il y avait là vingt-huit rois et cent dix princes qui tous, le soir venu, mangèrent avec Galehaut, leur seigneur lige. Le lendemain, après que la messe eut été chantée, le sire des Îles lointaines les réunit et leur dit qu'il les avait mandés parce qu'il comptait aller vivre à la cour du roi Artus.

– Mes terres sont larges, grandes et dispersées : aussi me faut-il chercher un prud'homme, ancien et loyal, haïssant le tort et aimant la droiture, pour lui en confier la baillie. Je vous demande conseil, n'étant pas sage assez et ne pouvant connaître ce que sait chacun de vous. Choisissez un homme net de convoitise. Cependant que vous parlerez ensemble, j'attendrai dehors.

Il sortit avec Lancelot, et les barons se mirent d'accord pour élire le roi Baudemagu de Gorre.

– Beau doux ami, lui dit Galehaut quand il en fut averti, je vous revêts de la baillie de ma terre. Et vous tous, seigneurs, qui êtes mes hommes liges, je vous commande par la foi que vous me devez de lui obéir et de l'aider contre tous, hors contre moi. Et, s'il m'advenait de trépasser, il laisserait ma terre à Galehaudin, mon neveu et mon filleul.

On apporta les saints ; le roi Baudemagu jura qu'il se conduirait loyalement envers Galehaut et son peuple, et tous les barons qu'ils se comporteraient de même envers lui et qu'ils ne réclameraient pas l'héritage de Galehaut, mais qu'ils l'assureraient à Galehaudin.

XXVII

Ce roi Baudemagu était sire de la terre de Gorre, qui était la plus forte de toute la Grande Bretagne : car le pays était bas et entouré d'une rivière profonde, courante, large et noire, et de marais si fangeux et si mous que ce qui y était entré n'en pouvait plus jamais sortir ; et dans cette terre on trouvait tant d'aventures qu'il n'est personne qui le pût croire. Et il y avait aussi une mauvaise coutume, qui y avait été mise lorsque les temps aventureux commencèrent.

À la mort du roi Urien de Gorre, messire Yvain le grand, son fils, préféra de rester auprès du roi Artus et céda sa terre à son cousin Baudemagu.

Celui-ci, qui était sage et de grand sens, voulut la renforcer et la mieux peupler. Pour cela, il fit tout d'abord détruire les deux ponts par où l'on y entrait. Puis, en face de Gahion, qui était la maîtresse cité du royaume, on ficha en terre, de chaque côté de l'eau, deux gros troncs d'arbres renforcés de chaînes, et de l'un à l'autre on scella une planche d'acier, aiguisée et tranchante comme une épée, si claire, en outre, qu'on s'y fût miré : tel fut le premier pont, qu'on nomma pont Perdu ou pont de l'Épée. À un autre endroit, à cinq journées de là, le roi Baudemagu fit faire un autre pont d'une poutre étroite jetée entre deux eaux, de façon que celui qui y voudrait passer eût six pieds de rivière au-dessus de la tête : ce fut le pont Sous l'Eau. Et chacun de ces deux ponts était défendu par un chevalier, en sorte que, si l'on réussissait à les franchir, il fallait encore combattre le gardien à outrance. Les vaincus ou ceux qui n'osaient tenter jusqu'au bout l'aventure devaient jurer de ne point quitter la terre de Gorre avant qu'un chevalier les eût délivrés en forçant le passage : jusque-là, avec leurs amies, s'ils en menaient avec eux, et leurs écuyers, ils devaient vivre en labourant comme des serfs, aussi vils que sont les juifs entre les chrétiens.

Or, le pont de l'Épée était gardé par le propre fils du roi Baudemagu, qui avait nom Méléagant. C'était un chevalier grand et bien taillé, roux, la peau couverte de taches de son, d'ailleurs si orgueilleux qu'il n'eût laissé chose entreprise à tort ou à raison pour remontrance qu'on lui eût faite. Le jour que Galehaut confia à Baudemagu sa terre en baillie, il était à la cour, où il était venu pour voir Lancelot dont il avait ouï dire merveilles ; mais il n'imaginait pas qu'il pût exister un champion meilleur que lui-même ; aussi déclara-t-il à son père que Lancelot n'avait pas le corps et les membres faits de sorte à être plus preux que lui.

– Beau fils, répondit le roi en hochant la tête, par la foi que je dois à Dieu, ce n'est pas la grandeur du corps, mais celle du cœur, qui fait le bon chevalier ! Et si tu es plus fort que Lancelot, il est plus prisé que toi : en toute la terre du roi Artus, il n'est personne qui puisse rivaliser avec lui.

– Je ne suis pas moins prisé d'armes en mon pays que lui dans le sien. Et, si ce n'était de vous, on me connaîtrait depuis longtemps par le monde. Mais vous ne m'avez jamais laissé faire ce que je désirais, et par vous j'ai plus perdu de renommée que je n'en ai gagné.

– Si tu es prisé dans ton pays, c'est toute la gloire que tu as ; au dehors tu n'en as point, tandis que la sienne court par le siècle.

– Puisqu'il est de si grand prix, que ne vient-il en votre terre délivrer les exilés bretons ?

– Il a de plus grandes choses à accomplir ; et celle-là pourrait bien advenir un jour.

– Dieu ne m'aide, s'il les délivre, moi vivant !

– Laissons cela. Quand vous aurez fait ce que j'ai fait, vous serez plus modeste que vous n'êtes à cette heure. Et j'imagine que vous avez tel projet en tête que vous ne pourrez achever sans honte.

XXVIII

Peu après Pâques, Galehaut partit pour Camaaloth avec Lancelot et tout son baronnage. Le roi Artus leur fit très bel accueil : les hauts hommes furent logés dans la ville ; mais on dut dresser des tentes alentour, dans les prés, pour les chevaliers. Et c'était la veille de la Pentecôte. Le lendemain, après manger, les hommes d'Artus et ceux de Galehaut commencèrent de jouter dans un pré dessous la ville, mais à la lance émoussée et à l'écu seulement, sans plus d'armure.

Lancelot montait un destrier de six ans qu'on nommait Queue d'Agache, taché comme une pie, plus blanc que neige et plus rouge que braise, si fort qu'il aurait porté un carré de fer, si courant qu'il eût dépassé le faucon ou la flèche, et qui tirait à la main de telle façon que le chevalier était souvent emporté outre sa volonté ; mais il abattait tous ceux qu'il rencontrait. Méléagant l'attaqua, et tous deux brisèrent leurs lances au ras du poing, mais leurs chevaux se heurtèrent et le fils du roi Baudemagu n'eut sangle, ni arçon, ni harnais de poitrail si forts qu'ils ne rompissent : il fut porté à terre, la selle entre les cuisses. Après quoi Lancelot continua de jouter.

Méléagant s'était remis debout, car il n'était pas blessé. Il demanda traîtreusement à ses écuyers une lance à fer aiguisé, monta sur un autre destrier et s'adressa de nouveau à Lancelot, visant bien où il le frapperait : ce fut à la cuisse, au-dessous de l'écu ; le fer traversa la jambe et se brisa sur l'arçon d'arrière. Et le sang coula jusque sur l'herbe.

Galehaut n'était pas à la joute. Mais, en voyant la blessure de Lancelot, ses gens se hâtèrent de jeter leurs lances et leurs écus, tant ils redoutaient le courroux de leur seigneur. Et le roi Baudemagu, qui craignait que Galehaut ne voulût prendre vengeance de la félonie de Méléagant, fit sur-le-champ partir son fils pour son pays. Déjà la nouvelle était parvenue au palais ; on dit à la reine que Lancelot avait été navré en plein corps : aussitôt elle tomba pâmée, et si rudement qu'elle se fit une plaie à la tête. Le roi, cependant, s'empressait d'aller au-devant du blessé.

– Sire, s'écria Lancelot, pour Dieu, n'en dites mot à Galehaut, car il se chagrinerait ! Je n'ai plaie qui me nuise.

Tous deux gagnèrent le palais et montèrent aux chambres de la reine, à qui le roi étonné demanda comment elle s'était ouvert le front.

– C'est en descendant d'une fenêtre où j'étais assise ; mais ce n'est rien.

Et elle feignit d'être surprise et d'apprendre seulement que Lancelot venait d'être navré à la cuisse. Alors le roi la pria de le garder quelques jours et de le faire panser. C'est ainsi que, durant deux semaines, les mires soignèrent le bon chevalier chez la reine, et certes il n'était pas pressé de se trouver guéri. Galehaut, qui avait renvoyé ses gens en leur pays aussitôt après le tournoi, croyait que Lancelot faisait courir le faux bruit d'une blessure afin de rester auprès de sa dame. Mais le conte laisse maintenant ce propos, voulant dire ce qui advint de la demoiselle et de Bertolai le vieux.

XXIX

Revenus auprès de la fausse Guenièvre, leur dame, ils avisèrent comment ils pourraient mener à bien leur affaire.

– Dame, dit Bertolai, si vous attendiez le jugement du roi, vous y pourriez trouver dommage. Car la cour dira que, si la reine veut prouver son droit par un champion, elle le fasse, et tous les bons chevaliers du monde sont en la maison du roi Artus. Il est bien préférable d'achever la chose par trahison, car ici plus vaut ruse que force.

La dame ayant consenti, Bertolai fit monter à cheval quelques-uns de ses hommes et il les mena au lieu le plus sauvage de la terre, au cœur de la forêt de Carduel. Puis il envoya un messager au roi Artus qui s'hébergeait alors dans la ville. Et le valet entra dans la salle où le roi était, et, après l'avoir salué, il dit :

– Roi, il y a dans cette forêt le plus grand sanglier qu'on ait jamais vu. Il est si fier et si orgueilleux que nul n'ose l'attaquer dans sa bauge ; cependant il détruit tout. Ceux du pays m'envoient pour vous prier de les en délivrer. Si vous voulez, je vous mènerai au lieu où il gîte.

À cette nouvelle, le roi et ses chevaliers furent très contents. Ils montèrent à cheval aussitôt et se rendirent dans la forêt. Mais, quand ils approchèrent de l'embuscade, le valet dit au roi :

– Sire, le porc est près d'ici ; ces chevaliers sont trop nombreux pour ne point faire de bruit, et je crains que nous ne le perdions.

Le roi fit arrêter ses gens et prenant, outre un épieu, son arc et ses flèches, il s'enfonça dans le bois derrière le valet sans emmener avec lui plus de deux veneurs. Tout à coup, il se vit environné d'hommes armés, et saisi par les bras et par le corps avant que d'avoir eu le temps de s'étonner. On le fit aussitôt monter sur un palefroi et on l'emmena à grande allure, ainsi que ses veneurs.

Cependant le valet s'était emparé de son cor. Il alla sonner non loin du lieu où attendaient les chevaliers.

– C'est messire le roi ! s'écria Gauvain. J'entends qu'il nous appelle.

Tous de partir au galop. Mais le valet était déjà loin, et d'un autre point du bois il se remit à corner. Et tout le jour il les mena ainsi à travers la forêt et les déçut. Enfin, à la nuit, comme ils n'entendaient plus le cor depuis longtemps, ils cessèrent leur poursuite vaine. Et quand ils rentrèrent à Carduel, ils trouvèrent la reine et plusieurs barons, appuyés aux fenêtres de la salle, qui attendaient le roi avec angoisse.

– Ha ! dit la reine lorsqu'elle connut la nouvelle, j'ai grand'peur que messire ne soit occis ! Dieu veuille le protéger, où qu'il soit, et le mener en sûreté !

– Dame, dit Galehaut, nul ne serait assez hardi pour oser mal faire au roi. Et sans doute messire pourchasse-t-il encore le sanglier ; il ne voulait nous attendre, afin de pouvoir se vanter de l'avoir tué tout seul. Nous l'avons souvent ouï corner, mais la forêt est grande et large. Nous la fouillerons demain et ce sera merveille si nous ne le retrouvons.

Mais, lorsque les barons eurent mangé et qu'ils furent retournés en leurs logis, la reine lui dit tristement :

– Beau doux ami, hélas ! je sens bien que tout le monde me croit déjà coupable, et sans doute c'est la punition du péché que j'ai commis en honnissant le plus prud'homme du monde ; mais la force de l'amour et la prière du chevalier qui surpasse les meilleurs me l'ont fait faire. Ha, je tremble que messire le roi ne me fasse mourir !

– Dame, répondit Galehaut, ne craignez point cela, car il faudrait tuer avec vous mille chevaliers prêts à vous défendre. S'il advenait que vous fussiez jugée à mort, je vous secourrais avec tous mes hommes, dussé-je y gagner la haine du roi à toujours et y perdre mon âme et mon corps. Et je vous donnerais ensuite le meilleur de mes royaumes. Ne soyez inquiète de rien, je vous prie.

Mais le conte revient maintenant au roi Artus.

XXX

Il chevaucha tant, entre ceux qui le gardaient, qu'il parvint au château de l'Enchantement, en Carmélide. La fausse Guenièvre descendit à sa rencontre dans la cour, et il fut ébahi en l'apercevant, car il crut voir la reine elle-même.

Sachez, en effet, que le roi Léodagan était père de cette fausse Guenièvre qu'il avait eue de la femme de son sénéchal, comme il l'était de la vraie, et la ressemblance de ses deux filles était si merveilleuse que, lorsqu'elles avaient toutes deux la même parure, on ne les pouvait distinguer l'une de l'autre. Au temps du mariage de la vraie Guenièvre, sa demi-sœur avait tenté de lui faire justement la même trahison dont elle l'accusait, et ce par le conseil de Bertolai ; mais elle en fut empêchée par Merlin l'enchanteur, sans que personne s'en doutât.

– Sire, dit-elle au roi, maintenant je vous ai en ma prison et vous n'en sortirez jamais que vous ne m'ayez rendu mon droit.

Là-dessus, elle commanda qu'on servît à souper et il ne faut pas demander si le roi fut honoré. Mais il était si déconforté qu'il ne voulut presque pas manger, jusqu'à ce que la dame lui eût offert d'un breuvage qu'elle et Bertolai avaient préparé. Il en but, et aussitôt il devint enjoué autant qu'il avait été triste. Alors la fausse Guenièvre pensa qu'elle aurait beaucoup gagné si elle pouvait faire, par ce philtre et par elle-même, que le roi l'aimât d'amour.

Quand il fut temps de se coucher, on mena le roi dans une chambre où un lit était préparé, très riche, comme il convenait à un si haut seigneur, et la dame lui dit :

– Certes, si vous étiez prud'homme, je vous devrais plaire et vous auriez grande joie de ce que Dieu nous a remis ensemble. Mais, si Notre Sire le veut, celle qui nous a séparés aura sa récompense, et, si elle ne paye en ce monde, elle payera dans l'autre.

Là-dessus ils se mirent au lit et menèrent cette nuit-là très bonne vie. Ainsi en fut-il tout l'hiver, et, par le poison que la dame lui donna chaque jour à boire, le roi commença de l'aimer. Pourtant, quand vinrent Pâques, il dit qu'il ne pouvait plus souffrir de n'avoir nouvelles de sa gent.

– Dieu m'aide ! dit la fausse Guenièvre, vous ne sortirez jamais de ma prison, car je ne sais que trop que je vous perdrais si vous retourniez en votre terre. Et j'aime mieux de vous avoir pauvre que de vous savoir seigneur du monde entier, loin de moi.

– Belle très douce amie, je vous aime plus que nulle autre, et pourtant je pensais qu'aucune femme ne peut valoir celle qui m'a trompé par sa déloyauté : car il n'y a pas de dame de plus grand sens qu'elle, ni de si grande courtoisie, et si douce, si débonnaire, si généreuse. On disait dans toute la Bretagne qu'elle était l'émeraude des dames.

Ainsi le roi louait sa femme devant celle qui en voulait la ruine. Mais toujours la fausse Guenièvre lui faisait boire du philtre, si bien qu'il finit par lui promettre de la reconnaître pour reine, pourvu que les barons de Carmélide témoignassent devant ceux de Bretagne qu'elle était bien la fille du roi Léodagan. Ce qu'elle accepta sans crainte parce que, chaque jour, Bertolai travaillait à persuader à ceux du pays qu'elle était leur vraie dame.

Par l'ordre du roi, les deux veneurs qui avaient été pris avec lui furent donc envoyés à monseigneur Gauvain, et d'autres messagers furent adressés aux chevaliers de Carmélide, pour convoquer les deux baronnages à Bedingran, le jour de l'Ascension. En attendant, le roi s'en alla chevaucher par son royaume de Carmélide, où les barons lui firent grande joie et l'honorèrent de leur mieux, car il n'était jamais revenu en leur contrée depuis son mariage. Et la fausse Guenièvre, qu'il traitait comme sa femme épousée, fut bien honorée aussi : ils croyaient vraiment qu'elle était leur dame, et ce n'était pas merveille quand le roi lui-même s'y accordait.

XXXI

Lorsque les deux baronnages furent assemblés à Bedingran, le roi prit la parole :

– Seigneurs, dit-il, je vous ai mandés ici, car un roi ne doit entreprendre nulle chose sans le conseil de ses hauts hommes. Vous savez la plainte et la clameur qu'une demoiselle fit à Camaaloth, le jour de la Chandeleur. Je pensais alors qu'elle avait tort ; mais je sais bien maintenant qu'elle a droit, et que celle qui a vécu longtemps avec moi a commis une trahison : les gens de ce royaume de Carmélide témoigneront qu'elle est la fille au sénéchal du roi Léodagan. Je vous ai assemblés pour que vous me conseilliez comme vous le devez.

Galehaut s'avança devant tous.

– Sire, tout le monde vous tient pour le plus prud'homme qui vive. Mais comment sait-on que madame soit ce que vous dites ? Il m'est avis qu'elle est la bonne et loyale reine ; ceux de Bretagne l'ont toujours tenue pour telle.

– Je sais bien ce qu'il en est, répondit le roi. Les chevaliers de ce pays connaissent mieux que ceux de Bretagne laquelle est la fille du roi Léodagan et de sa femme épousée. Celle qu'ils s'accorderont pour désigner comme telle sera dame et reine.

Alors il fit apporter les meilleures reliques qu'on put trouver ; puis on appela la reine Guenièvre, d'une part, de l'autre celle qui voulait se faire passer pour elle ; et le roi invita les barons de Carmélide à jurer sur les saints qu'ils parleraient sans amour ni haine et diraient la vérité.

Bertolai le vieux s'agenouilla le premier, tendit la main sur les reliques et se parjura, puis il prit la fausse Guenièvre par le poing et la désigna pour la fille du roi Léodagan et de la reine sa femme. Tous les hauts hommes de Carmélide agirent comme lui, et c'est ainsi que la reine Guenièvre fut privée de son honneur. De toutes les choses que fit jamais le roi Artus, c'est là celle dont il a été le plus blâmé.

– Seigneurs, dit-il, je vous commande donc comme à mes hommes liges de juger maintenant celle qui si longtemps m'a fait vivre en péché mortel.

Et il eût accepté que la reine fût livrée à la mort, tant la fausse Guenièvre lui avait fait prendre de médecines. Mais messire Gauvain déclara qu'il n'assisterait pas au jugement où la dame qu'il avait tant aimée serait sans doute condamnée à être brûlée et détruite, et tous ceux du royaume de Logres dirent comme lui.

– Si vous ne voulez faire le jugement, s'écria le roi en colère, je trouverai bien qui le rendra, et avant la nuit !

Là-dessus, il commanda aux barons de Garmélide de rendre la sentence. Et quand Bertolai le vieux lui eut remontré que, du moment qu'un si haut baronnage que celui de Bretagne refusait d'y prendre part, il était bien besoin qu'il assistât lui-même au parlement, il se leva et alla avec eux.

XXXII

Les Bretons, cependant, qui étaient restés dans la salle, se demandaient tristement ce qu'ils feraient si leur dame était condamnée à mort.

– Je quitterai pour toujours la maison du roi mon oncle, dit messire Gauvain, et je m'exilerai en pays étranger.

Messire Yvain et Keu le sénéchal s'écrièrent qu'ils feraient tout de même.

– Quant à moi, dit Galehaut, je perdrais mon corps et ma terre plutôt que de laisser mourir madame la reine. Toutefois, il convient de mener l'affaire bellement : priez donc monseigneur le roi, sitôt qu'il reviendra du jugement, de lui accorder la vie ; et s'il ne veut, prenez congé et retirez-vous dans vos châteaux : vous verrez ensuite comment je travaillerai.

Il parlait ainsi parce qu'il avait eu nouvelles de l'arrivée du roi des Cent chevaliers, qu'il avait mandé avec une grande armée et qui n'était plus qu'à deux lieues de la ville.

Mais, à ce moment, le roi Artus rentrait dans la salle, suivi des barons de Carmélide, et, par son ordre, Bertolai prit la parole.

– Ores écoutez, seigneurs chevaliers de Bretagne, le jugement rendu du consentement du roi Artus. Celle qui a vécu en sa compagnie contre Dieu et contre toute raison verra effacer en elle tout ce qui a été sacré : parce qu'elle porta couronne sans droit, ses cheveux seront tranchés ainsi que la peau ; de même le cuir de ses mains, parce qu'elles ont été ointes ; enfin les pommettes de ses joues afin qu'à toujours on la reconnaisse. Ensuite elle quittera la terre de monseigneur le roi Artus pour n'y jamais revenir.

En entendant cette sentence, les seigneurs de Bretagne indignés crièrent qu'ils maudissaient tous ceux qui l'avaient rendue, hormis monseigneur le roi, et qu'ils ne demeureraient pas dans une cour où une telle vilenie aurait été faite. Keu le sénéchal surtout parla avec violence, disant que, sauf l'honneur du roi, ceux qui avaient ainsi jugé ne devaient pas être tenus pour loyaux. Mais, au moment qu'il s'offrait pour combattre au nom de la reine et prouver par son corps et ses armes, contre n'importe qui, que le jugement était faux, on vit derrière lui la foule s'écarter, et Lancelot, chaud et irrité, fendit la presse, parut devant le roi et laissa tomber son manteau.

Il demeura ainsi vêtu de son bliaut, et bien pris dans sa taille comme il était, les cheveux blonds et crêpelés, le visage brun, les yeux verts, et tout enflammé de courroux, chacun fut frappé de sa grande beauté. Il écarta Keu si rudement que pour un peu il l'eût abattu aux pieds du roi, et comme le sénéchal irrité se dressait devant lui avec défi, il le repoussa du bras et lui dit :

– Sire Keu, ne vous offrez point à soutenir le droit de madame, car vous ne ferez point cette bataille, ni aucun chevalier céans.

– Et pourquoi, sire ?

– Parce qu'un meilleur que vous la fera.

Cette parole fut souvent reprochée à Lancelot, mais à ce moment peu lui souciait s'il disait bien ou mal.

– Sire, reprit-il en s'adressant au roi, je vous demande en mon nom et au nom de tous les chevaliers de me dire qui a rendu ce jugement.

– Moi, répondit le roi, et tous ces prud'hommes avec moi.

– Sire, j'ai été par votre grâce compagnon de la Table ronde, mais je m'en dévêts, comme je me suis dévêtu de mon manteau : ainsi puis-je protester en votre cour contre vous-même. Le jugement de madame est faux, mauvais et déloyal : je suis prêt à le prouver par mon corps et mes armes. Et si ce n'est assez d'un chevalier, j'en combattrai deux, voire trois.

– C'est de la folie ! dit Keu. Lancelot aurait assez à faire d'un chevalier. Il prétend être plus vaillant que tout le monde !

– Ne vous souciez de cela, sire Keu, reprit Lancelot. Quand j'aurai fait ma bataille contre trois, vous ne voudrez être le quatrième pour toute la terre du roi Artus.

– Lancelot, dit le roi, il est vrai que vos prouesses sont connues, mais vous avez entrepris une bien grande chose en prétendant fausser mon jugement ; jamais chevalier ne l'a osé. Et vous tentez follement. À Dieu ne plaise que je laisse faire en ma cour un combat si inégal !

– Sire, s'écria Galehaut, ce n'est pas droit, en effet ! Jamais au royaume de Logres bataille d'un contre trois n'a été acceptée.

Mais Lancelot lui-même jura qu'il combattrait ainsi. Les barons de Carmélide étaient cruellement offensés de le voir fausser leur jugement, comme de son dédain pour leurs meilleurs champions. Si bien que le roi dut recevoir les gages que les deux parties lui remirent à genoux.

XXXIII

Le lendemain, Lancelot eut assez de hauts hommes pour l'armer, car Galehaut et tous les barons y étaient, et messire Gauvain lui confia Escalibor, sa bonne épée, qui valait une comté, en le priant de la porter pour l'amour de lui.

Les gardes du champ furent Galehaut, Gauvain, le roi d'Estrangore, le roi d'Outre les Marches, le roi Agustan d'Écosse, le roi Ydier et trente autres rois ou princes. Et messire Gauvain chargea un chevalier de sonner du cor pour donner le signal quand il le commanderait. Le roi Artus et la fausse Guenièvre étaient à une fenêtre et celle pour qui Lancelot combattait à une autre, sous la garde de Keu, accompagnée de Sagremor le desréé, de Giflet fils de Do et de beaucoup d'autres seigneurs. Et toutes les maisons de la place étaient garnies de chevaliers et de bourgeois.

Lancelot parut, sur un palefroi ; Lionel, son cousin, portait son écu et son heaume ; un autre écuyer tenait ses lances et menait en main son destrier couvert d'une cuirasse neuve de cuir matelassé. Quand il vit les trois chevaliers de Carmélide, il se hâta de se mettre en selle et de prendre ses armes, et cria aussitôt à monseigneur Gauvain :

– Beau sire, ne sonnera-t-il jamais, ce cor ?

Le signal fut donné, et les champions laissèrent courre. Le chevalier de Carmélide perça l'écu, mais brisa sa lance sur le haubert, tandis que Lancelot poussait la sienne de telle force qu'elle traversa comme beurre les armes et le corps et parut au delà de l'échine : ainsi tomba le premier champion et ses armes sonnèrent, et jamais on ne le vit plus remuer ni main ni pied.

Les gardes du camp accoururent, et quand ils l'eurent vu tué, ils firent sonner du cor à nouveau, et le second chevalier s'élança. Mais au premier choc il vola par-dessus la croupe de son destrier. Durant qu'il se relevait, Lancelot fut poser sa lance contre un arbre ; puis il revint au galop, l'épée à la main. Et quand l'autre le vit accourir ainsi, il eut grand'peur. Mais Lancelot lui cria :

– N'ayez crainte, sire chevalier, car jamais on ne me reprochera d'avoir requis à cheval un homme à pied.

Ce disant, il descendit, attacha son destrier à un arbre, ôta de son cou la courroie de son écu, et, courant sus à son ennemi, il le chargea de tant de coups forts et pressés, que l'autre, blessé en treize endroits, le front ouvert, aveuglé par le sang qui lui coulait dans les yeux, cria bientôt merci.

– Tu auras merci comme l'a eue ton compagnon ! cria Lancelot.

Ce disant, il lui fendit la tête. Puis, essuyant sa lame souillée de sang et de cervelle :

– Ha, bonne épée, dit-il, comme il doit avoir un cœur de prud'homme, celui qui vous porte !

Il revint à son cheval, le détacha, se remit en selle, reprit sa lance et attendit le troisième champion. Mais les barons de Carmélide crièrent à ce moment que la bataille n'était pas faite selon le droit, car Lancelot n'avait pas juré que la reine Guenièvre était innocente, ni ses adversaires qu'elle était coupable.

– Une bataille pour une si grande chose que de fausser un jugement ne doit pas être menée sans serment. Nous savons bien, pour notre part, que nous n'avons pas fait de faux jugement.

Le roi hésitait, mais Galehaut, qui n'était pas tout à fait sûr que la reine fût innocente et qui voulait éviter à Lancelot de jurer, fit sonner le cor. Et les deux chevaliers ne perdirent pas leur temps à se faire des menaces : ils mirent leurs écus peints et vernis devant leurs poitrines, baissèrent leurs grosses lances et rendirent la main en brochant des éperons.

Or le troisième champion de Carmélide, qui avait vu la prouesse de Lancelot, s'était dit que, s'il en tuait le cheval, il aurait grand avantage ensuite : il détourna donc sa lance et occit le destrier. Mais cela lui servit de peu, car, dans le même temps, Lancelot l'arrachait des arçons.

Tous deux se relevèrent et, comme ils étaient vites, forts et roides, bientôt les mailles de leurs hauberts jonchèrent la terre et leur sang rougit leurs armes. Lancelot toutefois frappait plus adroitement, si bien que l'autre faiblit peu à peu et finit par tomber sur les mains. Lancelot, aussitôt, de lui sauter dessus et de lui arracher son heaume ; puis il se tourne vers la fenêtre où était la reine et crie à Keu le sénéchal :

– Sire Keu, sire Keu, voici le troisième ! Je pense que, pour toute la terre du roi Artus, vous ne voudriez maintenant être le quatrième !

Cependant son adversaire s'était relevé et, se voyant le chef désarmé, il se jeta sur Lancelot et le prit à bras-le-corps ; mais l'autre se défendit à coups de pommeau d'épée, si bien que le sang coulait à flots du visage meurtri.

Quand messire Gauvain et les autres gardes du camp virent le chevalier de Carmélide si vaillant, ils en eurent pitié. Et à cause de sa prouesse, le roi Artus voulut le sauver.

– Dame, vint-il dire à la reine Guenièvre qui se leva devant lui, vous êtes maintenant quitte, et le chevalier qui se bat contre Lancelot est mort si vous n'en avez souci. Je vous prie de le faire délivrer.

Alors la reine descendit sur la place. Lancelot était assis sur la poitrine du vaincu et se préparait à lui couper le cou. Elle vint à lui et s'agenouilla :

– Beau doux ami, je vous prie de laisser la vie à ce chevalier, car messire le roi m'a accordé ma grâce.

– Ha, dame, pour Dieu levez-vous ! Je confesserais qu'il m'a vaincu, si vous le vouliez.

Aussitôt on emporta le blessé, et les barons de Carmélide eurent grand'honte de se voir ainsi convaincus de faux jugement.

XXXIV

Or, la nuit même, Notre Sire prit une forte vengeance de la fausse Guenièvre, car tout son corps fut frappé de paralysie, hormis les yeux et la langue. Et bientôt son cœur commença de pourrir et sa poitrine de sentir si fort la pourriture, que nul n'eût pu durer dans sa chambre, n'eussent été les bonnes épices qu'on y mettait. Le roi Artus, qui l'aimait toujours, envoya chercher les plus sages mires qu'on put découvrir ; mais aucun ne sut d'où venait cette maladie. Et en peu de temps la fausse Guenièvre empira tellement que le roi, qui menait grand deuil, fit mander un prêtre pour la confesser. Ce fut frère Amustant, qui avait été longtemps chapelain du roi Léodagan de Carmélide.

– Dame, lui dit-il, vous gisez en une douloureuse prison, comme celle qui a perdu tout le pouvoir de son corps. Mais il n'est nul péché, pour vil qu'il soit, qui ne puisse être pardonné quand on s'en repent.

Alors elle lui confessa toute sa trahison d'un bout à l'autre et sans en rien cacher.

– Dame, dit le prud'homme, je vous donnerai une pénitence très légère au corps et très profitable à l'âme. Vous répéterez devant le roi et tous les barons ce que vous venez de me dire, et comment vous avez fait boire un philtre à monseigneur pour qu'il s'éprît de vous. Et ce sera honte au diable et honneur à Dieu.

Ainsi fit-elle. Et lorsqu'il entendit tout cela, le roi se signa plusieurs fois ; puis il demanda à ses barons quelle justice il convenait de faire de la fausse Guenièvre et de Bertolai le vieil, qui avaient bâti cette trahison. Tel fut d'avis qu'il fallait les brûler ; tel, les traîner ; mais frère Amustant conseilla de les enfermer dans un vieil hôpital, proche Bedingran. Et ils moururent là peu après.

XXXV

Cependant la reine Guenièvre, après le combat, s'était retirée en Sorelois, où Galehaut, avec la permission du roi, lui avait offert asile. Quand elle apprit que la fausse reine avait tout avoué, elle fut très contente. Mais Lancelot ne le fut qu'à moitié, car il songea qu'il n'aurait plus désormais la compagnie de sa dame autant qu'il venait de l'avoir. Et Galehaut fut dolent à merveille, en songeant que sans nul doute Lancelot le quitterait pour suivre son amour : car ainsi voyait-il sa fin approcher.

Peu après, le roi envoya chercher la reine par un grand nombre de ses barons, évêques, clercs et prélats. Mais elle leur dit qu'elle n'avait que faire de tant d'honneurs et qu'elle ne se remettrait jamais en la sujétion d'autrui, puisque Dieu l'en avait délivrée.

– Si je voulais me marier, ajouta-t-elle, je pourrais avoir un des plus hauts hommes du monde, et qui ne souhaiterait pas ma mort comme fit naguère messire le roi, mais qui me protégerait contre tous.

– Dame, vous ne pouvez faire cela, dirent les barons, car vous avez été unie à monseigneur par loyal mariage et par sainte Église.

– J'en suis délivrée de droit, répondit-elle, puisqu'il me condamna à mort : sainte Église n'exigera pas que je retourne auprès de lui.

Mais les clercs lui représentèrent que c'était au jour du Jugement que le roi aurait à répondre de sa déloyauté, et qu'à elle, il lui convenait seulement de reprendre son seigneur. De sorte qu'elle se mit en route avec sa compagnie pour regagner le royaume de Logres. Et le roi vint à sa rencontre et fut tout honteux quand il la vit. Il s'efforça de son mieux, désormais, à faire ce qu'il croyait qui pût lui être agréable, et elle avait le cœur si doux, si débonnaire et si franc, qu'il n'était nul forfait qu'elle ne pût pardonner.

Or, toutes les fois que le roi croyait la sentir mieux disposée envers lui, il la priait de s'employer auprès de Lancelot pour que celui-ci consentit à redevenir compagnon de la Table ronde. Mais elle répondait qu'elle n'osait lui demander rien, après tout ce qu'il avait fait pour elle qui ne lui avait jamais rendu qu'un seul service.

– Ha, dame, disait le roi, suppliez-l'en de tout votre pouvoir !

À la fin, elle feignit de se laisser fléchir.

– Sire, j'y consens, dit-elle. Mais auparavant vous prierez Lancelot vous-même, devant toute votre maison. S'il vous refuse, alors je me jetterai à ses pieds.

Ainsi en fut-il, et Lancelot ne répondit pas un seul mot au roi, mais il ne put souffrir de voir la reine à genoux devant lui : il courut la relever, disant qu'il ferait la volonté de sa dame. Et il vint après cela s'agenouiller devant le roi, qui l'accola à grande joie.

De la sorte, il reprit sa place à la Table ronde. Chacun en fut heureux, hormis Galehaut qui voyait ainsi avancer l'heure de sa propre mort. Et le roi décida qu'il tiendrait, le jour de la Pentecôte, la plus riche et la plus joyeuse cour de sa vie, et à Londres, afin que ceux de Gaule, de Petite Bretagne, d'Écosse, d'Irlande, de Cornouailles, et de maintes autres terres pussent s'y rendre.

XXXVI

Ce jour-là, après la messe, les tables furent mises dans les pavillons et les tentes que le roi avait fait dresser sur les bords de la Tamise, car il ne se fût pas trouvé de salles assez grandes pour abriter autant de monde qu'il en hébergea. Et après le manger, qui fut plus beau qu'on ne saurait dire, Galessin, duc de Glarence, fit grande joie à monseigneur Gauvain, son cousin, qu'il n'avait pas vu depuis longtemps. Il était fils du roi Nantre de Garlot, neveu du roi Artus, et bien fourni de corps et de membres, quoique petit et épais. Messire Gauvain et Lancelot du Lac furent avec lui se promener dans la forêt voisine, et, quand ils eurent assez marché, ils s'assirent tous trois sur un tapis d'herbe verdoyante et menue, à l'ombre d'un haut chêne feuillu.

Tandis qu'ils causaient, un écuyer vint à passer, qui arrêta son cheval et les regarda avec attention ; après quoi il tourna bride et s'éloigna au galop. Ils reprirent leur propos en haussant les épaules ; mais peu après ils entendirent un grand bruit dans les fourrés, et ils virent débucher le valet, suivi d'un chevalier d'une taille gigantesque, qui portait un écu d'or au lion de sinople.

– Voici Gauvain le traître ! s'écrie l'écuyer.

Sans mot dire, le chevalier pousse son cheval droit sur monseigneur Gauvain ; et comme celui-ci, en s'écartant, tentait de lui ravir l'épée qui lui pendait au côté, il se penche, le saisit à deux mains sous les aisselles, l'enlève et l'assied devant lui comme un petit enfant ; après quoi, il broche des éperons et part à toute bride, avant même que les deux autres, stupéfaits et d'ailleurs désarmés, aient eu le loisir de bouger.

Lancelot voulait le poursuivre sur-le-champ ; mais Galessin l'arrêta par le bras et lui représenta que mieux valait qu'ils fussent prendre leurs armes tout d'abord, après quoi ils se mettraient en quête de leur compagnon sans avertir le roi, la reine, ni personne. Et ainsi firent-ils ; mais, bientôt les traces du ravisseur les menèrent à un carrefour d'où partaient plusieurs routes : alors ils résolurent de se séparer pour avoir plus de chances de le retrouver, et chacun s'en fut par la voie qu'il avait choisie.

XXXVII

Sur l'heure de tierce, Lancelot se trouva dans une belle petite lande où courait un ruisseau ; mais elle était toute semée de tronçons de lances, de pièces d'écus, de mailles de haubert et de chevaux tués. Et comme il s'était arrêté à regarder ce spectacle, il entendit des cris et il vit sortir du bois une demoiselle qui fuyait, tenant dans ses mains ses longues tresses coupées, pourchassée par un chevalier à pied. Apercevant Lancelot, elle courut se jeter à ses pieds.

– Ha ! gentil homme, protège-moi ! Ce traître veut me honnir et il m'a tranché mes belles tresses !

Lancelot laissa le chevalier lacer son heaume et monter à cheval ; puis il le heurta si rudement de sa lance qu'il l'abattit ; après quoi il sauta à terre, lui arracha son heaume et dit à la demoiselle en lui tendant son épée :

– Tenez ! Et coupez-lui la tête si vous voulez.

Mais elle répondit que son cœur ne le pourrait souffrir et pria Lancelot de le faire lui-même. À quoi il ne manqua point. Puis il interrogea la pucelle :

– Sire, lui dit-elle, la dame de Briestoc, à qui je suis, se rendait à la cour du roi Artus, son cousin, lorsque nous vîmes des gens qui emmenaient monseigneur Gauvain tout sanglant, en chemise et en braies, attaché sur un roussin, et qu'on battait cruellement. Madame les fit attaquer par ses chevaliers ; mais ceux-ci ont été défaits, car nul ne pouvait souffrir les coups d'un grand homme à l'écu d'or chargé d'un lion de sinople, et nous nous sommes sauvées dans les bois. J'étais partie à la découverte, lorsque j'ai rencontré ce truand qui a tenté de me faire violence et m'a coupé mes tresses pour me punir de lui résister.

Alors elle conduisit Lancelot au fourré où la dame de Briestoc et ses pucelles étaient cachées et il ne faut demander si le chevalier fut bien accueilli. Cependant le jour commençait de baisser et ils ne savaient où passer la nuit, lorsqu'ils entendirent sonner un cor sur leur droite, à quelque distance. Ils suivirent un sentier nouvellement frayé et parvinrent à un fort château dont les murs, couleur de craie, blanchoyaient dans le crépuscule ; on le nommait le Blanc Castel. Là, ils eurent bon gîte et on apprit à Lancelot que le chevalier à l'écu d'or au lion de sinople ne pouvait être que Karadoc le grand, seigneur de la Tour Douloureuse.

– C'est le plus fort chevalier qu'on ait jamais connu, dit à Lancelot la dame du Blanc Castel. Cent champions tous aussi vaillants que le meilleur de la cour du roi Artus ne l'outreraient pas. À suivre la quête que vous avez entreprise, vous ne pouvez que mourir.

Toutefois, le lendemain, dès qu'il eut entendu la messe en compagnie de la dame de Briestoc et de la dame du Blanc Castel, Lancelot prit congé d'elles, et, il se mit en route vers la Tour Douloureuse dont il s'était fait indiquer le chemin.

Mais le conte se tait ici de lui et devise de Galessin, le duc de Clarence.

XXXVIII

Le duc chevaucha tant par la route qu'il avait choisie qu'il parvint à un verger clos de bons murs et attenant à une maison forte appelée Pintadol. Il descendit de son cheval, frappa : un valet ouvrit le guichet.

– Sire chevalier, dit-il, si vous voulez être reçu céans, il vous faut accomplir une aventure assez périlleuse.

Galessin répondit qu'il s'y essaierait volontiers ; alors le valet mena son cheval à l'écurie et, après lui avoir fait poser sa lance, le conduisit dans le verger. Là, quatre sergents, tous grands, forts et vites à merveille, faisaient assaut ensemble avec une habileté surprenante, armés de chapeaux de fer, de solides et légers boucliers, tout ronds, en cuir bouilli, et de bâtons à bouts d'acier tranchant et aigu.

– Il vous faut vaincre ces quatre escrimeurs, dit l'écuyer, ou bien passer votre chemin.

– Ce ne sont là que des vilains : ils ne dureront pas contre moi, s'il plaît à Dieu.

Et, dégainant son épée, Galessin entra dans le verger.

À peine fut-il au milieu, les quatre escrimeurs, dont l'un était le père et les autres les trois fils, lui coururent sus et le frappèrent si bien qu'il sentit du premier coup les pointes d'acier à travers ses armes. S'étant adossé au mur pour n'être pas tourné, il commence de se défendre et de riposter aussi adroitement qu'il peut ; mais toujours à ses coups les habiles sergents opposent leurs écus. Pourtant il taille si fort que les boucliers finissent par tomber en pièces ; puis, d'un tranchant heureux, il coupe le bras gauche de l'un de ses ennemis. C'était le père ; à le voir ainsi, ses trois fils ont grand deuil et grande honte : ils redoublent de hardiesse, mais l'un d'eux a bientôt la tête fendue, l'autre l'épaule ouverte, en sorte que le troisième se jette à genoux et crie merci. Aussitôt une grosse cloche sonne, la porte du clos s'ouvre, et un chevalier richement vêtu entre dans le verger, accompagné d'une dame très belle et de tous ses gens.

– Beau sire, dit le chevalier, l'an passé je fus pris dans une guerre que je menais contre un mien voisin, et il advint que le vilain que vous avez occis me délivra par ruse. Mais il m'avait fait jurer sur les reliques que je lui donnerais ce qu'il demanderait. Il me requit de lui céder le tiers de ma terre et un enfant par maison. Et il choisissait des pucelles pour en faire son plaisir et des valets pour le servir, lui et ses fils. En revanche, ils devaient combattre tous les quatre chaque chevalier qui se présenterait. En les outrant, vous avez rompu la coutume.

Alors le sire de Pintadol demanda à Galessin comment il avait nom, et quand il sut qu'il était de la Table ronde, il lui fit grande joie ; puis il lui apprit que le ravisseur de monseigneur Gauvain ne pouvait être que Karadoc de la Tour Douloureuse. Et certes, le duc de Clarence fut bien hébergé cette nuit-là.

Mais le lendemain, aussitôt qu'il eut entendu l'alouette chanter et le cor du guetteur sonner le lever du jour, il demanda son cheval et ses armes, et, la messe ouïe, il partit accompagné d'un écuyer que son hôte lui donna pour le guider.

XXXIX

À midi passé, ils arrivèrent devant une cité toute close de murs noirs, et quand ils en eurent franchi la porte, qui était ouverte, ils entrèrent dans des ténèbres profondes, car tout était aussi obscur qu'à six lieues sous terre. Ils descendirent ; le valet prit dans sa main une chaîne qui s'allongeait à travers la nuit, et tous deux avancèrent, tirant leurs chevaux par la bride. Ils traversèrent un lieu vaguement éclairé d'où s'élevait une très douce odeur : c'était un cimetière ; puis ils parvinrent à la porte d'une église d'où sortaient une froidure et une puanteur horribles.

– Sire duc, dit le valet, voyez-vous cette petite lueur là-bas, à l'autre bout ? Celui qui pourra l'atteindre ramènera le jour et mettra fin à l'aventure. Or, faites ce que le cœur vous dit.

Sur-le-champ, Galessin embrasse son écu, dégaine son épée et avance à grands pas. Mais soudain il se sent frappé si rudement par une multitude d'épées et de masses invisibles, et en même temps à ce point pénétré par le froid et suffoqué par la puanteur, qu'il choit pâmé sur les dalles ; revenu à lui, il se traîne comme il peut vers l'entrée où il tombe à nouveau : et peu s'en fallut, à ce moment, que son cœur ne crevât, tant il était empli d'angoisse. Le valet le tira dehors et se hâta de lui ôter son heaume pour lui donner vent ; et, quand il eut repris ses sens, il s'écria que, pour le royaume de Logres, il n'accepterait pas de recommencer l'épreuve.

– Sire, lui dit l'écuyer, puisque vous n'avez pu achever cette aventure, allons nous héberger.

Tous deux revinrent sur leurs pas le long de la chaîne, menant en mains leurs chevaux, sortirent de la cité ténébreuse et gagnèrent la maison d'un vavasseur que le valet connaissait aux environs. Là Galessin s'enquit de la signifiance de tout cela.

– Sire, il y a eu dix-sept ans au carême, le sire de cette ville aimait une gentille femme et ne la put avoir à sa volonté, car elle était trop bien gardée. Un mercredi de la semaine sainte, tous deux assistèrent au service de Ténèbres, et, quand les cierges furent éteints, ils s'unirent charnellement. Mais le Saint-Esprit découvrit le crime qu'ils accomplissaient dans l'église et, depuis lors, les ténèbres ont envahi le bourg que l'on appelait Escalon l'Enjoué, et qui a nom maintenant Escalon le Ténébreux. Le cimetière toutefois a gardé sa clarté, parce que maints corps saints y gisent, dont nous pensons que les âmes sont devant Notre Seigneur Jésus-Christ. Et, si vous m'en croyez, vous demeurerez ici, car vos plaies ont grand besoin de médecin. Ne vous exposez pas au danger de la forêt voisine, ou vous y périrez.

Mais Galessin répondit qu'il ne renoncerait pas à sa quête, car mieux vaut mourir avec honneur que vivre avec honte. Et, le lendemain, il repartit en compagnie de l'écuyer.

XL

Ils chevauchèrent tant qu'ils arrivèrent à une chapelle appelée la chapelle Morgane, d'où partaient deux routes.

– Sire duc, dit le valet, m'est avis que nous prenions la voie de droite, car l'autre mène au Val d'où nul ne revient. Vous feriez comme fol, si vous vous engagiez par là.

– Me veux-tu ôter ce que je vais quérant ? Celui-là n'est pas un chevalier, mais un marchand, qui laisse les voies dangereuses pour les sûres, et jamais les aventures ne seraient achevées, si les chevaliers errants faisaient ce que tu souhaites que je fasse.

– Vous irez où vous voudrez, répliqua le valet, mais je ne vous suivrai point. Je vous attendrai ici jusqu'à demain, et si je n'ai alors de vos nouvelles, je pourrai bien m'en aller.

– Tu m'auras assez attendu, si tu m'attends durant ce temps.

Là-dessus, Galessin recommanda l'écuyer à Dieu et entra dans le Val, qui était clos d'un mur d'air. Et le conte dit comment ; écoutez :

Le roi Artus avait une sœur nommée Morgane qui avait appris de Merlin tant de tours et d'enchantements qu'une foule de gens, dont beaucoup de fous, l'appelaient Morgane la fée, ou même la déesse. Elle aima un chevalier nommé Guyomar, cousin de la reine Guenièvre ; et celle-ci leur faisait souvent des remontrances. Un jour, elle les prit sur le fait et bannit son cousin : de là vint la grande haine que Morgane eut toujours pour la reine. Elle s'enfuit à son tour et rejoignit Guyomar ; mais il s'était épris d'une demoiselle de grande beauté. Maintes fois, Morgane s'efforça de les surprendre, car elle savait la vérité comme on la peut savoir par ouï-dire. Elle les guetta tant, la nuit et le jour, qu'à la fin elle les découvrit dans ce val qui était l'un des plus beaux du monde. Et à cause du grand chagrin qu'elle eut, elle les y enferma dans une muraille d'air et elle condamna la demoiselle à sentir toujours un froid de glace de la tête à la taille et une chaleur torride de la taille aux pieds ; puis elle fit un enchantement tel qu'aucun chevalier ne pût sortir du val après y avoir pénétré, à moins qu'il n'eût jamais, même en pensée, faussé ses amours.

Depuis vingt ans, nul des chevaliers errants qui avaient franchi la muraille d'air n'avait pu la repasser, et il y en avait déjà deux cent cinquante-quatre ; aussi appelait-on ce lieu le Val des Faux Amants ou le Val Sans Retour. Les dames, les demoiselles, les écuyers y entraient et en sortaient à leur guise : c'est ainsi que beaucoup des prisonniers avaient leurs amies par amour avec eux, et leurs valets qui les servaient et leur apportaient leurs rentes, leurs vêtements, leurs oiseaux ; et ils logeaient dans de riches maisons ; et l'on voyait là des chapelles où chaque jour la messe était chantée. Mais tous attendaient le cœur doux, humble et fidèle sans reproche, qui les pourrait délivrer.

Quand Galessin eut un peu cheminé dans le Val, il trouva une porte basse devant laquelle il mit pied à terre. Elle ouvrait sur un escalier qui le mena dans un souterrain tout blanc. Là, quatre dragons enchaînés par la gorge, mauvais et forts et féroces à miracle, qui léchaient leurs ongles sanglants, se levèrent en le voyant, s'étirèrent et dressèrent leurs crêtes terriblement ; telle était leur force qu'ils enfonçaient leurs griffes dans le sol, qui était de pierre de grès aussi aisément que dans du beurre. Mais

Galessin embrasse son écu, dégaine son épée et s'avance entre eux : aussitôt ils l'assaillent ensemble. Vainement il en frappe un au milieu du front : l'épée rebondit comme sur une enclume. Alors, se couvrant de son écu du mieux qu'il peut, il se met à les heurter à coups de pommeau si rudement qu'il leur fait étinceler les yeux, et combat tant et si bien qu'enfin il passe outre.

L'allée qu'il suivait le ramena au jour, mais il se trouva devant un torrent furieux et profond, que traversait en guise de pont une planche d'un pied de large : deux chevaliers en défendaient l'issue, l'un armé d'une lance, l'autre d'un écu et d'une épée nue. Galessin fait le signe de la croix et s'avance sur le pont périlleux, l'écu devant la poitrine. Mais le chevalier à la lance le frappe avec une telle violence que du premier coup il le précipite dans la rivière.

Quand Galessin reprit ses sens, il se sentit tirer de l'eau par quatre vilains et il lui fut avis qu'il avait beaucoup bu. On l'étend sur la rive : devant lui se dresse un chevalier armé ; vainement il tente de se défendre : il n'en a pas la force. Et l'autre lui arrache son heaume et son épée ; après quoi on l'emmène dans un verger où une quantité de seigneurs captifs et de dames se promenaient en causant.

Il retrouva là Keheddin le beau, Hélain le blond et Aiglin des Vaux, tous trois compagnons de la Table ronde. Mais le conte maintenant se tait de lui pour quelque temps, voulant dire ce qui advint à monseigneur Gauvain quand Karadoc de la Tour Douloureuse l'eut ravi et emporté.

XLI

Après avoir rejoint ses gens, le grand chevalier fit placer monseigneur Gauvain sur un roussin, les bras garrottés et les pieds liés sous le ventre du cheval, et durant toute la route il le fit battre de courroies, au point que le sang du prisonnier coulait de toutes parts.

Karadoc avait une femme vieille et hideuse, la plus félonnesse et déloyale vieillarde qui jamais naquit. Et quand elle vit monseigneur Gauvain, elle s'écria :

– Gauvain, Gauvain, enfin je vous ai en ma prison ! Et je prendrai vengeance de vos trahisons.

– Dame, répondit-il, jamais je ne commis de trahison, et il n'y a sous le ciel nul homme qui m'en accusât contre qui je ne m'en défendisse.

– Tu as occis mon fils, et il faut que ce soit par la grande félonie dont tu es plein, car aucun chevalier ne fut meilleur que lui. Et nul n'est plus déloyal et plus traître que toi !

– Vous dites, dame, ce que vous voulez. Mais vous mentez comme une vieille punaise, et parjure !

Lors, la vieille saisit une lance au râtelier et voulut l'en férir ; mais Karadoc, qui se faisait désarmer, courut l'en empêcher.

– Ha, dame, pour Dieu, arrêtez ! Si vous le tuez, vous m'empêcherez d'en faire ce que je veux ! Il souhaite la mort, et il a raison, car je le ferai tant souffrir qu'il lui vaudrait mieux être mort que vif ; jamais il ne sortira de prison.

Ce disant, il prit monseigneur Gauvain, le dévêtit et l'étendit sur une table ; puis il lui fit plusieurs blessures, mais peu profondes, sur tout le corps ; et la vieille oignit les plaies d'un onguent empoisonné. Ensuite, ils le descendirent dans un cachot tout noir et à ce point grouillant de vermine, qu'il n'était au monde de mauvais vers et de bêtes ordes et venimeuses dont il n'y eût là quelque une, dit le conte. Au milieu de cette chartre ténébreuse et glacée s'élevait une pile de cinq pieds de haut, juste assez large et longue pour qu'un homme pût s'y étendre. On laissa là monseigneur Gauvain, avec un peu de foin et une maigre couverture en guise de lit, plus un petit bâton afin qu'il se défendît de la vermine. Et quand il se vit ainsi, il ne put s'empêcher de gémir.

– Ha ! bel oncle, gentil roi débonnaire, comme vous seriez chagrin si vous saviez la douleur où je suis et la peine que je souffre ! Ha, douce reine, comme pâlirait votre beau visage vermeil, si vous connaissiez l'angoisse que je sens ! Ha, seigneurs chevaliers, compagnons de la Table ronde, Dieu vous maintienne pour l'honneur du roi Artus, et vous garde de venir où je suis présentement ! Ha, Galessin, beau cousin, certes vous eûtes grande douleur de me voir enlever ! Et vous, doux ami, Lancelot, si quelqu'un pouvait me secourir, ce serait vous ; mais Notre Sire veuille vous laisser ignorer où l'on m'a jeté, car si la Bretagne vous perdait, elle ne pourrait vous remplacer ! Ha, Galehaut, haut prince, Celui qui souffrit la mort pour nos péchés vous protège ! À Dieu soient recommandés tous mes amis, car je crois bien qu'ils ne me reverront plus !

Ainsi le gentil chevalier plaignait moins son malheur que la douleur que causerait son absence. Or, Dieu voulut qu'une demoiselle qui se promenait dans le jardin l'entendît gémir. Karadoc l'avait enlevée à un chevalier qu'elle aimait, et, bien qu'il fût épris d'elle, elle le haïssait plus que tout. Elle vint à la lucarne par où l'on donnait à manger à monseigneur Gauvain, et demanda qui lamentait de la sorte.

– C'est Gauvain, le neveu du roi Artus, qui ne sait qui lui demande son nom, ni si c'est pour son bien ou son mal.

– Messire Gauvain, je suis une demoiselle qui vous aidera de tout son pouvoir.

– Demoiselle, ces serpents et la vermine qui sont céans m'ôtent le boire et le manger, le dormir et le reposer. Ils m'attaquent sans cesse et je n'ai de quoi me défendre, car j'ai brisé le bâton qu'on m'a donné pour les tuer, et ils ont si fort envenimé mes plaies que j'en ai le corps tout enflé.

Ainsi parlait-il, parce qu'il ignorait que la vieille déloyale avait enduit de poison les blessures que Karadoc lui avait faites.

La demoiselle s'en fut dans la tour où elle logeait. Elle prit ce qu'il faut de farine de seigle pour le pain que pourraient manger dix chevaliers à un dîner ; elle la pétrit avec le suc de l'herbe serpentine et de cinq autres herbes de grande vertu ; puis elle mit ce gâteau à cuire, et enfin à tremper dans du lait de chèvre ; après quoi elle vint le jeter dans le cachot de monseigneur Gauvain.

La vermine, qui sentit l'odeur du pain chaud et du lait, se précipita pour dévorer cette pâture. Mais, sitôt qu'elle l'eut mangée, elle s'échauffa, puis refroidit, et creva toute. D'où vint une si horrible puanteur que messire Gauvain crut que le cœur allait lui sortir du ventre. Alors la demoiselle courut prendre une boîte d'un très bon onguent qu'elle lui tendit au bout d'une perche, et dès qu'il en eut oint ses plaies, la douce odeur de l'onguent lui fit oublier la puanteur. Et, dans la nuit qui suivit, la demoiselle prépara du soufre et de bonnes épices chaudes qu'elle jeta sur la vermine morte, à laquelle elle mit le feu et qui fut réduite en cendres. Enfin elle passa à monseigneur Gauvain des draps, des oreillers, une courtepointe, de bonnes viandes et de bons vins : de façon que, par la vertu de l'onguent sur ses plaies, et du dormir, du boire et du manger, il se trouva tôt tout à fait bien.

Mais le conte laisse ici de parler de lui pour dire ce qu'il advint en son absence à la cour du roi Artus.

XLII

Quand Lancelot et Galessin eurent quitté Londres, la chose ne put être tenue si secrète que Lionel ne l'apprît le jour même. Et il en fut dolent outre mesure, car il aimait fort son cousin et ne pouvait souffrir que Lancelot fût parti sans lui. Il courut à son logis prendre des armes de chevalier, vêtit par-dessus son haubert une chape brune dont il rabattit le capuchon, et il s'éloigna à grande allure de son destrier, suivi d'un écuyer qui portait une lance, un heaume et un écu.

Mais Galehaut le reconnut en le voyant passer. Il monta à cheval et fit force d'éperons à sa poursuite, si bien qu'il le rejoignit hors de la ville et saisit sa monture par le frein.

– Qu'y a-t-il, Lionel, lui dit-il, et où allez-vous ainsi ? Vous avez fait grand outrage en ceignant l'épée et en prenant les armes de chevalier quand vous ne l'êtes pas encore.

Et il commanda à l'écuyer du damoisel de rapporter au logis le heaume, l'écu et la lance.

– Allez ! dit Lionel au valet.

Galehaut crut qu'il lui ordonnait de rentrer. Mais le damoisel trancha soudain ses rênes par-dessous sa chape, de façon qu'elles restèrent aux mains de Galehaut ; puis il piqua des éperons et s'élança derrière son écuyer.

– Ha, cœur sans frein ! s'écria Galehaut, il faudrait ici votre cousin : lui seul pourrait vous modérer !

À son tour, le fils de la géante broche son cheval, rattrape Lionel qui ne pouvait diriger le sien, et, grand comme il était, il le prend aux flancs, l'enlève et le jette sur le cou de sa propre monture. Pourtant le damoisel, qui était roide et vigoureux, se débat de telle sorte que les voilà tous deux tombés.

– Pour Dieu, disait Lionel, laissez-moi aller !

– Cela ne peut être.

– Ha ! j'ai grand'peur que messire n'ait besoin de moi, car il est trop attaché à achever ce qu'il entreprend !

Et le damoisel conta ce qu'il savait du départ de Lancelot.

Personne ne pouvait aussi bien que Galehaut dissimuler ses peines : il dit à Lionel un mensonge pour qu'il se tînt en paix.

– Retournez, fit-il. Je sais bien où Lancelot est allé.

Et le damoisel obéit.

XLIII

Le lendemain, comme le roi était à son haut manger, un messager du seigneur de Pintadol arriva, et, peu après, la dame de Briestoc, qui contèrent comment messire Gauvain avait été enlevé par Karadoc de la Tour Douloureuse, et comment Galessin et Lancelot du Lac étaient allés en quête de lui. Lorsqu'elle apprit ainsi que Lancelot était parti, la reine eut grand deuil, et songeant qu'il s'en était allé sans avoir son congé, elle eut si grand dépit, aussi, qu'elle ne lui pardonna de longtemps, comme le conte en devisera plus loin. Et Lionel dit à Galehaut :

– Sire, vous m'avez trahi, car hier soir j'eusse rejoint mon seigneur et je fusse mort ou occis avec lui !

Galehaut n'était pas moins chagrin que Lionel : pourtant il le réconforta de son mieux ; après quoi il défendit son ami auprès de la reine, non qu'il trouvât lui-même que Lancelot eût bien fait de partir sans congé, mais parce qu'il voulait lui apaiser sa dame. Cependant, le roi faisait crier par la ville que nul ne s'en allât, car il irait le lendemain délivrer monseigneur Gauvain. Au matin, en effet, il se mit en marche avec ses gens vers la Tour Douloureuse ; toutefois la reine, courroucée, refusa de l'accompagner et fit dire qu'elle était malade.

Or, peu après le départ du roi, elle vit entrer Lionel dans sa chambre, qui lui conta comment Galehaut l'avait arrêté, la veille, parce qu'il n'était pas encore chevalier.

– Dame, dit le demoisel, je vous requiers de me faire chevalier pour l'amour de monseigneur Lancelot.

La reine consentit. Sur-le-champ, elle lui passa son haubert, lui laça son heaume, lui boucla ses éperons et lui ceignit l'épée au flanc ; après quoi elle dit :

– Bel ami, attendons quelque bon chevalier pour vous donner la colée, car il ne convient pas qu'une femme frappe un homme.

– Dame, frappez, je vous prie. Pour l'amour de vous, je ferai mieux de mon épée d'acier.

Alors elle le heurta de sa main sur le cou aussi rudement qu'elle put, en disant :

– Que Dieu t'envoie prouesse et hardiesse !... Et maintenant, si vous désirez un baiser, prenez-le, ajouta-t-elle.

– Grand merci, dame !

Et il la baisa trois fois d'un seul tenant. Puis il descendit dans la cour, sauta sur son cheval sans se servir de l'étrier, et le fit galoper et volter devant la reine qui s'était mise à la fenêtre. Enfin elle le recommanda à Dieu et il s'en fut.

Mais à présent le conte devise de ce qui advint à Lancelot après qu'il eut quitté le Blanc Castel.

XLIV

Il erra tout le jour et passa la nuit dans un hermitage. Puis le lendemain, il chevaucha jusqu'à l'heure de none, qu'il rencontra une pucelle montée sur un palefroi noir. Il la salua du plus loin qu'il la vit et lui demanda le chemin de la Tour Douloureuse.

– Dieu m'aide ! dit-elle, vous aurez sur la route bien des peines et des travaux !

– Demoiselle, assez fort sera celui qui les endurera.

Alors elle lui apprit qu'il lui faudrait tenter l'aventure d'Escalon le Ténébreux. Et quand il arriva à la porte de la cité obscure, il mit pied à terre comme avait fait Galessin, suivit la chaîne dans l'ombre et s'arrêta devant l'église. Et là il se tourna vers Londres, et murmura :

– Dame, je me recommande à vous où que je sois !

Puis, s'étant signé, il attacha son épée nue à son poing pour ne pas la perdre, et il marcha à grands pas dans l'église vers la lueur lointaine.

Il n'avait pas avancé d'une longueur de lance qu'il sentit des fers d'épieux lui entrer dans la chair et des coups terribles de masses et d'épées lui tomber sur la tête ; et si grand était le bruit qu'il croyait que l'église croulait ; et si affreux le froid et la puanteur qu'il était aux trois quarts suffoqué. Sept fois il tomba sur les genoux et sur les mains ; mais il se remettait toujours debout. Quand il ne fut plus qu'à une toise de la porte d'où sortait la lumière, il chut encore tout de son long ; mais il se mirait en son désir comme en un miroir, si bien que, n'ayant plus la force de se relever, il rampa, à grand'peine et angoisse, jusqu'à l'huis qu'il poussa. La porte, qui était de fer, claqua sur le mur et le bruit retentit dans toute la ville. Et une clarté entra, qui emplit l'église et s'épandit dans la cité, dissipant les miasmes, anéantissant les ténèbres. Lancelot voulut aller baiser l'autel resplendissant ; mais il ne put et s'évanouit.

Cependant, de toutes parts, les habitants accouraient, aussi maigres et pâles que si on les eût tirés de la terre. Ils le transportèrent tout pâmé au cimetière et lui firent toucher une belle tombe qui était celle d'un saint homme : aussitôt il redevint aussi sain qu'il l'était en arrivant. Il voulait repartir sur-le-champ ; mais ils le prièrent tant qu'il consentit à passer la nuit chez eux, où ils lui firent la plus grande joie qu'on ait jamais faite à un chevalier. Et, de ce jour, leur cité fut appelée Escalon l'Aisé.

XLV

Le lendemain, Lancelot ne tarda guère à parvenir à la chapelle Morgane. Le valet qui attendait Galessin s'y trouvait encore : il lui apprit ce qui était arrivé. Et Lancelot franchit aussitôt la muraille d'air.

Après avoir vaincu les quatre dragons, il arriva au pont étroit que défendaient les deux chevaliers. Il ôta de son cou la courroie de son écu qu'il tint seulement par les poignées, et fit mine de courir sur la planche. À cette vue, le chevalier à la lance frappe de toutes ses forces, mais Lancelot cède au coup qu'il détourne en lâchant son écu, lequel tombe dans l'eau avec la lance qui s'y était engagée ; puis il court sus aux deux champions et les tue.

Devant lui, il aperçut alors un escalier défendu par un mur de feu qu'il traversa, puis par trois chevaliers armés de haches, dont il abattit deux ;

ce que voyant, le troisième s'enfuit, poursuivi de chambre en chambre, et finit par se cacher sous un lit où dormait une belle dame. Lancelot donne du pied au lit si lourdement qu'il le renverse et la dame dessous, puis il se jette sur le couard et lui coupe le cou ; après quoi il revient à la dame et lui dit en lui offrant la tête :

– Demoiselle, voici l'amende de l'outrage que ce chevalier me força de vous faire.

C'était Morgane. Elle poussa un grand cri.

– Maudite soit l'heure où vous naquîtes pour faire de telles diableries !

– Ha, demoiselle, qu'avez-vous dit ! Ce que j'ai fait, c'est pour abattre la mauvaise coutume de céans.

– Et qui êtes-vous donc ?

– J'ai nom Lancelot du Lac.

– Honni soyez-vous d'être venu en ce pays ! Et honnie soit la dame qui de vous est aimée si fidèlement !

Comme elle disait ces mots, un de ses sergents vint lui annoncer que toutes les issues étaient ouvertes et que cent chevaliers pour le moins étaient déjà partis. Et Galessin le suivait, avec les trois autres compagnons de la Table ronde, qui tous quatre firent grande joie à Lancelot.

– Sire chevalier, lui dit Morgane, vous avez fait mal et bien : mal aux dames et demoiselles que vous avez privées de leurs amours et de leur bonheur, car elles ne seront jamais si aises qu'elles l'étaient en ce val où leurs amis retenus ne les pouvaient laisser ; bien aux chevaliers qui ont repris par vous leur liberté. Cependant, je vous prie de rester ici jusqu'à demain, avec ces seigneurs, et au matin vous aurez vos armes et vos chevaux.

À quoi Lancelot consentit.

XLVI

Mais, la nuit, Morgane la déloyale le plongea par enchantement dans un sommeil profond ; puis elle le fit enlever dans une litière que deux bons palefrois portèrent à un réduit qu'elle avait au lieu le plus secret de la forêt. Et là, elle l'éveilla.

– Lancelot, lui dit-elle, je vous tiens en ma prison, et vous n'en sortirez jamais que vous ne m'ayez accordé l'anneau que vous portez au doigt.

C'était la bague que la reine lui avait donnée.

– Dame, dit-il, vous n'aurez jamais l'anneau sans le doigt.

Elle savait bien de qui il le tenait. Et elle en possédait un autre dont la reine lui avait fait présent jadis, qui était presque semblable : sur l'un et l'autre un couple d'amants s'entre-baisaient ; seulement, sur celui de Lancelot, ils tenaient un cœur dans leurs mains, tandis que, sur l'anneau de Morgane, ils avaient les mains jointes.

– C'est donc, reprit-elle, que vous ne désirez guère d'être délivré, puisque vous ne voulez me donner pour rançon une chose qui vaut si peu ! Sachez pourtant qu'avant samedi la Tour Douloureuse sera assaillie et que, si vous n'y êtes, vous serez honni à toujours.

– Dame, vous n'aurez point l'anneau si vous ne me coupez le doigt. Et si messire Gauvain est délivré en mon absence, jamais plus je ne mangerai.

– Mais, au cas où je vous laisserais aller, me jureriez-vous sur les saints de rentrer en ma prison après la conquête du château ?

Lancelot fit le serment. Alors Morgane l'honora et le festoya de son mieux, et le mercredi elle le fit partir avec une de ses demoiselles et deux écuyers pour le guider.

XLVII

Le lendemain, à tierce, ils parvinrent au bord d'un étang : au fond de l'eau transparente, on voyait un chevalier tout armé qu'une dame tenait embrassé. Lancelot mit pied à terre aussitôt.

– Prenez garde, sire chevalier, dit la demoiselle, jamais personne ne les a pu tirer de là.

– Assurément, si quelque autre l'eût fait, je n'aurais point à tenter cette aventure !

Là-dessus, Lancelot saute dans l'eau et il reparaît bientôt, portant le chevalier qu'il allonge sur la rive ; puis la dame auprès de lui.

– Sire, dit la demoiselle, cette dame fut bonne et belle. Un chevalier l'aimait de grand amour, et elle l'aimait aussi, mais loyalement, et jamais il n'y eut entre eux de vilenie. Malheureusement, son mari était jaloux et, après avoir occis le chevalier, il le fit jeter secrètement dans cet étang. Quand elle le sut, elle se mit à genoux : « Sire Dieu, s'écria-t-elle, aussi vrai que jamais nous n'eûmes d'amours vilaines, faites que je voie le corps de mon chevalier ! » Et son ami lui apparut comme vous l'avez aperçu aujourd'hui. Alors elle s'élança dans l'eau auprès de lui.

Mais le conte laisse maintenant ce propos et récite ce qui advint à Galessin, Aiglin des Vaux, Keheddin le beau et Hélain le blond lorsqu'ils s'éveillèrent au matin et s'aperçurent que Lancelot avait disparu.

XLVIII

Ils tinrent conseil et décidèrent qu'ils partiraient à sa recherche, dès que la quête de monseigneur Gauvain serait achevée. Keheddin les invita à s'héberger chez Keu d'Estraux, son oncle, qui avait son château près de là. Ils montèrent sur leurs chevaux, qu'ils trouvèrent tout sellés, et ils se mirent en marche, après que Keheddin eut envoyé un valet saluer son parent et l'avertir de leur venue.

Le valet trouva Keu d'Estraux qui jouait aux échecs avec une belle dame, sa femme épousée. Or, sitôt qu'il eut fait son message, la dame chut pâmée ; puis, revenue à elle, elle demanda quel était le nom du chevalier qui avait délivré les captifs du Val Sans Retour.

– Dame, il a nom Lancelot du Lac. Mais, hélas ! Morgane la déloyale l'a fait prisonnier !

– Ô Lancelot, diable félon ! s'écria la dame, puisses-tu mourir de mauvaises armes empoisonnées, ou ne jamais sortir de prison !

– Dieu le garde de mal ! fit au contraire Keu d'Estraux qui semblait tout joyeux. C'est le meilleur des chevaliers et le plus loyal des amants.

Tandis que la dame gagnait sa chambre pour y lamenter plus à l'aise, les quatre compagnons de la Table ronde entraient au château. Ils y eurent le plus bel accueil du monde ; mais Keheddin, quand il eut appris le deuil que menait sa tante, fut la voir et lui demanda si elle n'était pas contente de sa délivrance.

– Quoi ! dame, dit-il, ne m'aimez-vous point ?

– Las ! le chagrin l'emporte sur la joie ! Maintes dames perdent aujourd'hui leur bonheur en même temps que leur avantage, et celui qui a ouvert le Val des Faux Amants a fait plus de mal que de bien en délivrant ceux à qui leur déloyauté valait justement d'être en prison.

Néanmoins, Keheddin la pria tant qu'elle consentit à descendre au souper ; mais elle se retira aussitôt après, et Keu d'Estraux dit à ses hôtes surpris :

– Seigneurs, je l'ai aimée et l'aime plus que tout ; elle était encore enfant, que déjà je lui parlais d'amour. Il y a huit ans, elle me dit que, si je lui accordais un don, elle me prendrait pour mari et ami, et je le lui promis. Puis quand je l'eus épousée, elle me requit de mon serment : hélas ! le don que je lui avais octroyé c'était de ne jamais passer la porte de ce château avant que le Val des Faux Amants fût ouvert. Elle sait bien maintenant qu'elle ne m'aura plus si souvent en sa compagnie ! Lancelot m'a délivré comme vous : aussi irai-je en quête de lui.

Il envoya des messagers par toute sa terre pour assembler ses chevaliers, et le lendemain, à tierce, il en arriva plus de dix qui se mirent en chemin avec lui et les quatre compagnons pour joindre l'armée du roi Artus.

Or, Lancelot y arriva le vendredi, et il est inutile de dire si on lui fit joie. Le lendemain, dès que le soleil abattit la rosée, le roi et les siens se mirent en marche pour attaquer Karadoc le grand, qui était sorti à leur rencontre avec toutes ses forces.

XLIX

La mêlée fut très belle. Karadoc faisait merveilles, monté sur un grand destrier, plus courant que cerf de lande, et il n'y avait pas de preux qu'il n'occît, tant il était haut et fort. Lancelot le reconnut à son écu et l'appela. Tous deux coururent l'un à l'autre, l'épée à la main : Karadoc frappa le premier et son fer entra bien dans le heaume de deux doigts, de manière qu'il ne put le retirer ; mais Lancelot riposta si rudement que le nasal fut tranché, et son ennemi ne fut point blessé, parce que le coup ne vint pas droit, mais il demeura étourdi et son cheval l'emporta.

Lancelot piqua des deux derrière lui, l'épée toujours plantée dans son heaume, et l'appelant mauvais couard. Mais Karadoc revenu à lui continuait de fuir ; même, il avait jeté son écu sur son dos pour se protéger des grands coups que l'autre lui donnait quand il pouvait, et qui l'abattaient parfois sur le cou de son destrier. Néanmoins il gagnait vers son château : de sorte que Lancelot, craignant de le perdre à la fin, remit son épée au fourreau et brocha tant des éperons que le sang ruissela sur les flancs de son cheval : grâce à quoi il accosta le fuyard, le saisit à deux mains par son écu qui tomba, puis par le col, et le tira tant à lui qu'il le coucha sur la croupe ; mais Karadoc, grand et vigoureux comme il était, banda toutes ses forces par peur de la mort, et il se redressa sur son séant si roidement qu'il entraîna Lancelot hors des arçons et le fit voler sur la croupe de son propre destrier. Et, enlacés de la sorte, tous deux entrèrent au galop par la porte du château, qui était ouverte afin de laisser passer les fuyards.

Les chevaliers qui la gardaient avaient lâché leurs lances pour arrêter le cheval ; mais ils ne purent : il se jeta avec ses deux cavaliers par une poterne que la demoiselle qui avait tant aidé à monseigneur Gauvain se hâta de refermer derrière lui, et il vint s'abattre devant la tour. Les deux chevaliers tombèrent, mais Karadoc se blessa pour ce qu'il était très pesant. Déjà Lancelot lui courait sus ; il n'avait plus d'écu ni d'épée : il s'enfuit.

Il sauta dans un des fossés de la tour, profond de deux toises ; là était une porte qui ouvrait sur le cachot où gisait messire Gauvain. Il venait de la défermer avec ses clés pour occire son prisonnier, lorsque Lancelot se laissa choir sur ses épaules, le renversa et, soulevant le pan de son haubert, lui donna de l'épée par le ventre, puis lui coupa la tête.

Ainsi se délivra-t-il de Karadoc, et il jeta son corps dans le cachot noir qu'il vit ouvert. Messire Gauvain, entendant le bruit, demanda qui était là, et Lancelot reconnut sa voix.

– Ha, beau doux ami, beau doux compagnon, où êtes-vous ? Je suis Lancelot du Lac.

– Certes nul homme mortel ne pouvait arriver à moi, hormis Lancelot !

Ce disant, messire Gauvain sortit. De quel cœur il accola son compagnon ! La demoiselle leur passa une échelle, et tous deux remontèrent dans la cour, où d'abord messire Gauvain tomba à ses pieds et la remercia. Cependant Lancelot montrait aux défenseurs du château la tête de Karadoc et ils ne firent pas de difficulté de se rendre.

Le soir tombait ; au dehors, les chevaliers du roi Artus avaient dressé leurs tentes et leurs pavillons, car le roi avait remis l'assaut au lendemain ; d'ailleurs quelle armée aurait pu prendre un si fort château ?

Soudain, le pont-levis s'abaissa et l'on vit Lancelot sortir à la tête de la garnison, en compagnie de monseigneur Gauvain. Devant la tente du roi, il mit le genou en terre et lui présenta les clés avec la tête du géant. Galehaut et Lionel accoururent : il ne faut pas demander s'ils le baisèrent et accolèrent. Quant à monseigneur Gauvain, il conta ce qu'il devait à la demoiselle, à qui, pour la récompenser, le roi donna toute la terre de Karadoc ; sur-le-champ il l'en investit par les clés. Et désormais le château ne fut plus appelé que la Belle Prise.

Mais, la nuit même, sitôt que le roi fut couché, Lancelot partit secrètement pour regagner la prison de Morgane.

L

La déloyale mit tout en œuvre pour obtenir la bague qu'il portait au doigt, mais, ni par prières, ni par menaces, elle ne put l'avoir. Alors, une nuit, elle lui fit prendre un breuvage qui l'endormit, puis elle lui ôta son anneau et le remplaça par celui qu'elle avait et qui était semblable. Ensuite, elle fit une des plus grandes déloyautés du monde ; écoutez :

Elle envoya une demoiselle à Londres où était le roi Artus, et sachez que cette pucelle était laide de toutes façons. Elle avait le visage et le cou plus gris que fer, les yeux plus rouges que feu, les cheveux plus noirs qu'une plume de corneille, les dents couleur de jaune d'œuf, une seule tresse, qui ressemblait mieux à une queue de rate qu'à rien autre, le nez retroussé, des lèvres d'âne ou de bœuf, de grandes narines tout ouvertes, les jambes courtes et les pieds si crochus qu'elle ne pouvait se tenir aux étriers : aussi chevauchait-elle la cuisse sur le cou de son palefroi, orgueilleusement, tenant haute sa baguette. Ainsi faite et plus hideuse qu'un diable d'enfer, elle avait nom Rosette. Elle s'en vint devant le roi.

Elle le salua de par Lancelot et lui dit qu'elle avait à lui faire un message, mais qu'elle devait parler devant toute la cour. Aussitôt le roi, joyeux, envoya quérir Galehaut et les barons, la reine et les dames ; et, quand tout le monde fut assemblé, Keu le sénéchal ne put se tenir de dire à la reine, en riant :

– Dame, j'ai peur que le roi n'aime cette avenante pucelle plus que vous ! Pour moi, si je savais où l'on peut en avoir de semblables, j'en irais chercher !

Cependant, la laide demoiselle disait à très haute voix :

– Sire, avant de vous faire savoir ce que vous mande Lancelot, je veux que vous m'assuriez que je n'aurai rien à craindre de personne et que vous m'octroierez votre sauvegarde, car j'apporte des nouvelles qui pourront déplaire à quelqu'un de votre cour.

Et, le roi lui ayant donné sa parole, elle continua :

– Roi Artus, Lancelot te mande comme à son droit seigneur, et il mande à ceux de la Table ronde, et à vous, seigneurs, qui avez été ses compagnons, que vous lui pardonniez, car vous ne le verrez plus jamais.

À ces mots, Lionel se pâma, Galehaut faillit perdre le sens, et la reine, incapable d'en entendre davantage, se leva pour se retirer dans ses chambres ; mais la demoiselle déclara que, si quelqu'un s'en allait, elle n'en dirait pas plus, et chacun se rassit.

– Sire, poursuivit-elle, quand Lancelot vous quitta à la Tour Douloureuse, il était blessé d'un coup de lance par le corps et craignait fort de mourir sans confession. Mais il rencontra un prêtre qui lui donna pour pénitence d'avouer ses péchés devant votre cour, soit de sa bouche, soit par autrui, et il me requit au nom de Dieu de le faire pour lui. Et premièrement il vous prie de lui pardonner sa grande déloyauté envers vous, car il vous a trahi avec votre femme qu'il aimait de fol amour, et qui l'aimait.

Lionel au cœur sans frein, quand il entendit cela, voulut se jeter sur elle et il l'eût tuée s'il eût pu l'approcher, mais Galehaut se mit devant lui et lui rappela que le roi avait assuré la pucelle.

– Du moins, diable d'enfer, cria Lionel, sache que, si je puis jamais te tenir, ni roi ni reine ne te saura protéger !

Alors la laide demoiselle dit au roi :

– Sire, me serez-vous mauvais garant ?

– Demoiselle, répondit Galehaut, vous n'avez garde puisque le roi vous a assurée, et moi-même je vous protégerai contre tous. Mais qui voudra croire déloyauté vous croie.

– Lancelot vous mande ce que vous avez ouï, reprit la laide pucelle ; et vous tous, qui êtes de la Table ronde, il vous conjure de ne pas honnir votre seigneur lige comme il a fait. Or, pour qu'on sache que je dis vrai, j'apporte telles enseignes qui en témoigneront.

Et jetant l'anneau dans le giron de la reine :

– Dame, lui dit-elle, Lancelot vous renvoie cet anneau que vous lui avez donné avec votre cœur et votre amour.

Alors la reine se leva et dit en s'échauffant peu à peu :

– Certes, je reconnais bien l'anneau, car je lui en ai fait présent comme loyale dame à loyal chevalier. Et sachez, sire, et vous tous et toutes qui êtes ici, que, si j'avais donné mon amour à Lancelot comme le dit cette demoiselle, je connais assez la hauteur de son cœur pour être certaine qu'il se fût laissé arracher la langue plutôt que de le confesser à personne ! Il est bien vrai que Lancelot a tant fait pour moi que je lui ai accordé de mon cœur ce que j'en peux. Et peut-être, s'il était tel qu'il m'eût requise d'amour vilaine, je ne l'eusse pas éconduit. M'en blâme qui voudra ! Quelle est la dame qui eût repoussé un chevalier qui eût fait pour elle ce que Lancelot a fait pour moi ? Et vous, sire, souvenez-vous des services qu'il vous a rendus ! Vous lui devez votre honneur et votre terre. Il vous a soumis le plus prud'homme du siècle, Galehaut qui est ici. Il m'a sauvée du jugement déloyal. Vous-même, et Gauvain, et Gaheriet, et Hector, il vous a délivrés à la Roche aux Saines. Il vous a conquis la Tour Douloureuse. Il a tué l'un des plus forts chevaliers du monde pour jeter hors de prison votre neveu Gauvain. Lancelot a ramené la clarté au château ténébreux. Lancelot a détruit les enchantements du Val des Faux Amants. Qui l'a jamais vaincu ? Il est le chevalier sans pair, il n'est nulle qualité qui ne soit en lui parfaite ! Lancelot était beau et bon ; il eût passé en beauté et en bonté tous les chevaliers du monde, s'il eût vécu ! Mais je parlerais un jour entier sans pouvoir dire tous les mérites qui étaient en lui. Ha ! sachent tous ceux qui pensent mal de moi que, s'ils me disaient, à moi-même, que je l'aimais d'amour vilaine, je n'en rougirais pas ! Las ! il est mort ou perdu pour nous. Certes j'accepterais bien qu'il en eût été de moi et de lui comme dit cette demoiselle, si à ce prix je le voyais sain et sauf ici !

– Laissez, dame, dit le roi, je sais bien que ce message ne vient pas de Lancelot, et je ne le croirai jamais.

– Sire, murmura la laide demoiselle tout interdite, si tel était votre bon plaisir, je vous demanderais votre sauf-conduit.

Le roi la confia à monseigneur Yvain. Et, quand elle fut partie, Galehaut vint prendre congé de lui en disant qu'il ne s'arrêterait plus en aucune ville une nuit ou un jour avant que d'avoir appris sûrement si Lancelot était vif ou mort. Le roi le baisa en pleurant, et la reine et la dame de Malehaut firent de même, lorsqu'il fut monté dans leurs chambres pour les recommander à Dieu. Après quoi il partit en compagnie de Lionel.

Mais le conte se tait d'eux en cet endroit et revient à Lancelot du Lac.

LI

Morgane faisait tout pour qu'il oubliât la reine. Un soir, elle lui fit boire un philtre qui lui troubla le cerveau, de façon que, dans son sommeil, il crut apercevoir sa dame dans un pavillon, au milieu d'une riante prairie, couchée auprès d'un chevalier ; et, comme il courait sus à ce traître l'épée à la main, elle lui disait :

– Que voulez-vous faire, Lancelot ? Laissez en paix ce chevalier : il est à moi, je suis à lui.

Le philtre était si fort qu'il demeura vaguement assuré, le lendemain, qu'il avait réellement vu ce qu'il avait rêvé ; et quand Morgane entra chez lui :

– Vous m'avez dit, fit-il, que vous me laisseriez aller si je m'engageais à ne pas demeurer, d'ici à la Noël, en compagnie d'aucune dame de la maison du roi Artus. J'ai toujours refusé, mais maintenant je suis prêt à jurer.

Morgane reçut son serment, après quoi elle lui remit un cheval et des armes, et il s'éloigna tristement.

Longtemps il erra comme âme en peine ; puis il résolut d'aller en Sorelois pour se réconforter auprès de Galehaut, mais il n'y trouva point son ami. Il y fut très bien accueilli ; cependant il songeait sans cesse à cette vision cruelle qu'il avait eue, sans pouvoir s'assurer que ce fût un rêve, et, comme il ne voulait se confier à personne, à la longue sa tête se dérangea. On avait beau lui faire joie : tout lui déplaisait. Une nuit, enfin, il saigna tant du nez dans son lit, que sa cervelle s'amollit : il se leva dans un transport et se sauva par la campagne, vêtu seulement de sa chemise et de ses braies. Le lendemain, les gens de Galehaut trouvèrent ses draps ensanglantés et le cherchèrent vainement : ils crurent qu'il s'était occis. Cependant il errait par les bois, mangeant peu, dormant à peine et menant grand deuil : de sorte qu'il devint tout à fait forcené. Mais le conte laisse maintenant ce propos pour deviser de Galehaut.

LII

Après s'être séparé de Lionel qui s'en fut de son côté, il chercha longuement Lancelot par tous pays et il trouva maintes aventures, mais il ne put avoir nouvelles de son ami. Enfin, il passa en Sorelois, où il apprit tout ce qui était arrivé : comment Lancelot l'avait attendu, puis comment son esprit s'était dérangé et comment on avait trouvé son lit vide et plein de sang ; et il ne douta plus que son compagnon ne se fût occis.

Alors il commença de se chagriner et désespérer si fort qu'il ne voulait plus boire ni manger. Il avait fait placer devant ses yeux un vieil écu de Lancelot qu'il avait retrouvé et qui, seul, lui apportait un peu de réconfort. Onze jours et onze nuits, il jeûna. Les gens de religion qui venaient le voir le semoncèrent et lui dirent que, s'il mourait de cette manière, son âme serait perdue et damnée ; il consentit alors à prendre quelque nourriture ; mais il était trop tard. D'ailleurs, une mauvaise blessure qu'il avait reçue en quêtant Lancelot se rouvrit et toute la chair pourrit alentour. Enfin le corps lui sécha. Il languit ainsi du jour de la Madeleine à la première quinzaine de septembre, faisant de grandes aumônes ; puis il trépassa comme le plus prud'homme qui fût.

Son neveu Galehaudin fut revêtu de sa terre et reçut les hommages de ses barons. Et le deuil de tous ses amis fut grand, mais en comparaison de celui que fit la dame de Malehaut, qui l'avait rejoint en Sorelois durant sa maladie, tous les autres ne furent que néant : aussi bien, elle n'avait pas tort, car il l'eût prise pour femme s'il eût vécu un an de plus. Ainsi mourut Galehaut, le fils de la belle géante, sire des Lointaines Îles, mais le conte dira plus loin ce qu'il advint de son corps mortel. Et il récitera tout à loisir la suite des non pareilles chevaleries du preux et vaillant seigneur Lancelot du Lac, avec plusieurs faits belliqueux de Bohor l'exilé, de monseigneur Gauvain, neveu du roi Artus, de Perceval le Gallois et des compagnons de la Table ronde, qui sont tous contes merveilleusement doux à lire et écouter, et propres à induire les honorables seigneurs et dames à vivre en toute courtoisie, clémence et honneur, par lesquelles vertus on parvient au Royaume éternel. Explicit.